Prescott

Sisters 4

Der Amerikaner

Karin Lindberg

Reihenfolge „Prescott Sisters":

Band 1 Der Maskenball
Band 2 Die Entführung
Band 3 Der Meisterdieb
Band 4 Der Amerikaner
Band 5 Der Bodyguard

Verlag:
BookRix GmbH & Co. KG
Sonnenstraße 23
80331 München
Deutschland

Lektorat: Dorothea Kenneweg
Korrektorat: Dr. Andreas Fischer
Covergestaltung: Casandra Krammer
Copyright © Karin Lindberg 2017

www.karinlindberg.info

ISBN: 978-3-7438-1187-4

www.bookrix.de

PRESCOTT

Sisters 4

DER AMERIKANER

Bisher erschienen

Shanghai Love Affairs

Vertraglich Verliebt (1)
High Heels im Schnee (2)
Act of Law – Liebe verpflichtet (3)

Romantische Komödien

Ein Abenteuer in den Highlands
Liebe süßsauer
Lilja und die Liebe
Ein Schokoholic will Meer
Wollsockenwinterknistern
Ein Vorurteil kommt selten allein

Prescott Sisters

Der Maskenball
Die Entführung
Der Meisterdieb
Der Amerikaner

1

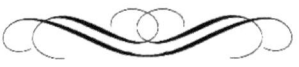

„Ein wenig mehr lächeln, Süße", ruft mir der Fotograf Tom zu. Ich folge seinen Anweisungen kommentarlos, denn ich bin ein Vollprofi.

Neben mir stehen zwei Helferinnen, die Reflektoren hochhalten, um das Licht noch besser auf mich zu lenken. Ich positioniere mich etwas anders und das Rattern des Auslösers ertönt aufs Neue.

„Ja, gut so!", lobt er mich, während er seine Kamera immer wieder in einem anderen Winkel auf mich ausrichtet und unzählige Bilder schießt.

Das Klingeln meines Handys tönt unerwartet durch den Raum und unterbricht die geschäftige Ruhe. Es ist mein Vater, das erkenne ich an der eigens für ihn eingerichteten Melodie. Kurz überlege ich, ob ich es ignorieren soll, aber meine Konzentration ist sowieso dahin und mein Vater wartet nicht gerne.

„Können wir eine kleine Pause machen?", bitte ich Tom.

Er lässt seine Spiegelreflex sinken und schiebt sich seine schwarz umrandete Brille vom Kopf auf die Nase.

„Ja, Süße, natürlich. Gute Arbeit bis jetzt. Fünfzehn Minuten Unterbrechung", teilt er dem Rest der Belegschaft am Set mit. Ich greife nach dem Bademantel, der an der Lehne vor mir hängt, und schlüpfe hinein. Da ich nur mit zarter Lingerie bekleidet bin, fühle ich mich angezogen besser. Vor der Kamera in Wäsche zu posieren, ist eine Sache, eine andere, halbnackt am Set herumzulaufen.

Am Stuhl baumelt auch meine Handtasche, in der ich nach meinem Handy krame, um meinen Dad zurückzurufen. Mir ist klar, warum er mich sprechen will, als ich auf die Rückruftaste drücke.

„Hey Dad", säusele ich ins Telefon, als er abnimmt. Sicher will er mir sagen, dass er gleich in den Flieger steigt und sich freut, mich morgen zu sehen.

„Hallo, Tessa. Wunderbar, dass du dich meldest. Wie läuft es in New York?"

„Gut, vielen Dank. Das Shooting macht wahnsinnig viel Spaß!"

„Das ist schön. Der Grund meines Anrufes ist leider nicht so erfreulich …"

Der Tonfall meines Dads nimmt eine andere Färbung an und ich mache mir sofort Sorgen.

„Was ist los? Geht es dir nicht gut?"

„Doch, doch, mit mir ist alles in Ordnung."

Gott sei Dank. Ich bin erleichtert, er ist nicht mehr der Jüngste und bei dem vielen Stress, den er hat …

„Aber Helen nicht", fährt er fort. „Sie ist von der Treppe gestürzt, wir haben einen Krankenwagen gerufen und ich bin jetzt auf dem Weg zu ihr ins Krankenhaus."

„Ach du meine Güte", stoße ich schockiert aus und fahre mir durch die Haare. „Wie ist das denn passiert? Wie schlimm ist es?"

Wow, es klingt heftig.

„Es ist eindeutig, dass mindestens das Bein gebrochen ist, vielleicht hat sie auch eine Gehirnerschütterung, hoffentlich keine inneren Verletzungen. Wir müssen abwarten. Sie wird gut versorgt, aber natürlich kann ich die Reise jetzt nicht antreten."

„Das ist doch klar, Dad. Dann verschieben wir den Trip einfach."

Wenngleich ich Helens Unglück bedauere, bin ich dennoch nicht traurig, dass ich morgen nicht zu dieser Pferderanch ins Nirgendwo aufbrechen muss.

„Ähm, Tessa, also ich dachte, du fliegst wie geplant nach Kansas und ich komme nach. Es wäre zu unhöflich, wenn wir die Hawkins-Familie erneut versetzen."

„Ach, Dad", seufze ich.

Ich kann nichts dafür, dass er im September den Termin schon einmal wegen einer wichtigen geschäftlichen Sache verschoben hat.

„Bitte, Tessa. Tu mir den Gefallen. Es ist alles arrangiert. Mit Cody Hawkins habe ich bereits gesprochen, er versteht es und freut sich, dich persönlich am Flughafen abzuholen."

Ich verdrehe die Augen.

Mit ihm hat er also schon telefoniert. Und ich soll alleine ins amerikanische Hinterland reisen? Schlimm genug, dass ich überhaupt dort antanzen soll, aber jetzt auch noch ohne die Begleitung meines Vaters?"

„Muss das sein, Dad?" Meinem Tonfall ist deutlich zu entnehmen, dass ich von der Idee gar nichts halte.

„Bitte, Tessa. Ich habe aktuell wirklich andere Sorgen, als mit dir zu diskutieren."

Ich ziehe eine Grimasse.

Natürlich hat er recht. Was, wenn Helen schwer verletzt ist?

„Ja, schon gut. Ich fliege wie geplant und du kommst nach. Du sagst mir bitte Bescheid, wie es Helen geht, sobald du was weißt, ja?"

„Danke, Sweetheart. Ich melde mich."

Dad legt auf und ich atme zischend aus.

Ich habe absolut nichts dagegen, mir eine Pferdezucht anzusehen, und helfe ihm total gerne bei der Auswahl neuer Jungpferde, weil ich die Tiere und das Reiten liebe. Aber dass diese spezielle Ranch mitten im Nirgendwo liegen muss und ich deswegen fast eine Woche verliere, stört mich gewaltig. Ich bin ein vielgebuchtes Model und reise ständig für Termine um die ganze Welt. Die Zeit, die ich ab morgen in Kansas vergeude, gibt mir ja niemand zurück.

Ich konnte meinem Vater diese Bitte einfach nicht abschlagen, schon gar nicht, wenn seine Herzensdame auf dem Weg ins Krankenhaus ist. Ich muss mich daher wohl oder übel mit der Situation abfinden, was nicht heißt, dass ich nicht genervt wäre.

Das bin ich. Sehr.

„Bist du so weit?" Tom steht längst wieder in Position und fummelt am Objektiv seiner Kamera herum.

Eigentlich bin ich jetzt erst so richtig reif für eine Pause, reiße mich jedoch zusammen. Meine Arbeit lasse ich von meinem Privatkram nicht beeinflussen.

„Natürlich, bin sofort da." Ich setze ein freundliches Gesicht auf und stecke mein Handy wieder in die Tasche – nicht ohne es vorher auf lautlos zu stellen. Noch mal möchte ich nicht unterbrochen werden.

Ziemlich genau vierundzwanzig Stunden später steige ich aus einer Boeing 737 aus und belächele das Schild am Flughafengebäude. Kansas City international Airport. Hier ist mal so gar nichts international. Das behalte ich jedoch lieber für mich, vielleicht habe ich ein paar Fans hier in der Gegend und die möchte ich nicht verärgern. Abfällige Witze über seine Heimatstadt mag ja wohl niemand leiden.

Guter Gedanke. Kurzerhand postiere ich mich mit dem Rücken zum Gebäude, setze meine Sonnenbrille auf und mache ein Selfie, das ich gleich auf meinem Instagram-Account posten werde. Meine neunhunderttausend Follower wollen unterhalten werden und ich muss sie zeitnah mit Infos aus meinem Alltag füttern, um sie bei der Stange zu halten. Das Leben in den sozialen Medien ist gefühlt eine Million Mal schneller als das Real Life.

Oft werden meine Fotos professionell geshootet, aber so, dass sie trotzdem ein bisschen wie selbst geknipst aussehen. Das meiste geht über den Tisch meiner PR-Beraterin Schrägstrich Agentin Joyce Fielding. „Meist" heißt „nicht immer", so wie jetzt.

Nachdem ich meinen Koffer vom Gepäckband gezogen habe, schiebe ich ihn auf seinen vier Rollen neben mir her. Ich verlasse den Sicherheitsbereich und gehe durch eine selbstöffnende Schiebetür in die Ankunftszone. Ich schaue mich um, ob ich Cody Hawkins irgendwo entdecke. Nicht weit entfernt steht ein Cowboy in Bluejeans, mit kariertem Hemd und Hut und knutscht filmreif mit einer Brünetten.

Der Farmerjunge lässt nichts anbrennen und ich frage mich, was die Frau wohl an ihm findet. Die Cowboystiefel, die der Kerl trägt, wären alleine schon ein Grund, warum er nie für mich infrage kommen würde. Außerdem ist er für mein Beuteschema definitiv zu schmächtig, ich stehe eher auf Typen, die breitschultrig und groß sind. Egal, ich suche schließlich keinen Liebhaber, sondern mein Abhol-Komitee.

Grinsend zücke ich mein Handy und sehe nach, ob mein Gastgeber mir vielleicht eine Nachricht geschrieben hat, wo ich ihn finden kann.

Nichts.

Seltsam.

Als ich wieder aufblicke, registriere ich, wie der Cowboy auf seine Uhr schaut, der Dame noch einen kurzen Kuss auf den Mund drückt und sie dann abdackelt. Einen Moment später wendet er sich in meine Richtung und unsere Blicke treffen sich.

Ne, oder?

Das muss er sein.

Ich bin mir ziemlich sicher, dass das Cody Hawkins sein muss. Er kommt auf mich zu und grinst schief.

„Tessa Prescott?"

„Ja, genau, Cody?"

„Wundervoll!" Er hält mir seine Hand hin. „Freut mich sehr."

„Gleichfalls, danke", erwidere ich und lächele höflich.

Wir tauschen einen angenehmen, unverbindlichen Händedruck aus, dann schnappt er sich meinen Koffer. „Es sind nur ein paar Schritte", informiert er mich, während wir eine Rolltreppe nach oben fahren und von dort aus das Gebäude verlassen. Ich bin nicht wenig überrascht, als wir auf dem Parkdeck zu einem Hubschrauberlandeplatz kommen und genau darauf zusteuern.

„Ich dachte, damit sind wir etwas schneller." Er grinst mich an.

Und ich hatte befürchtet, wir müssten noch ewig mit einem Pickup durch die Pampa gurken.

Gott sei Dank nicht!

„Der sieht gut aus", kommentiere ich den Hawkin'schen Heli anerkennend.

„Ja, macht das Leben einfacher, wenn man so weit draußen wohnt wie wir."

Er öffnet die Tür und hilft mir hinein. Der Pilot sitzt bereits im Hubschrauber und grüßt uns freundlich. Ich kann meine Freude über dieses Stück Komfort kaum verbergen, das scheint auch Cody nicht entgangen zu sein.

„Du hattest Angst, stundenlang auf schlechten Straßen unterwegs zu sein?"

Ich lache. „Ja, wenn ich ehrlich bin."

„Ich merke schon, dein Dad hat es dir nicht erzählt. Ich hatte ihm gesagt, dass ich dich mit dem Heli abhole."

„Nein, das hat er wohl vergessen zu erwähnen."

„Wie geht es seiner Partnerin?"

Es ist immer noch komisch für mich, wenn jemand von Helen als Dads Lebensgefährtin redet, aber das kann Cody ja nicht wissen.

Für uns Mädchen ist es nach wie vor ungewohnt, ihn mit einer neuen Frau an der Seite zu sehen – vor allem, weil es sich dabei um Mums Schwester handelt.

„Es, äh, geht ihr den Umständen entsprechend gut. Leichte Gehirnerschütterung, glatter Durchbruch des

Wadenbeins. Nichts Ernstes. Ein paar Wochen wird sie einen Gips tragen müssen."

„Na, Gott sei Dank, dass es keine schlimmeren Verletzungen gegeben hat."

„Ja, zum Glück. Sie ist in guten Händen und darf in einigen Tagen nach Hause. Mein Dad wird sicher bald nachkommen, sobald sich alles etwas beruhigt hat", füge ich hinzu, falls Cody mich als Verhandlungspartnerin bezüglich der Jungpferde nicht ernst nimmt. Bei Cowboys aus dem Hinterland weiß man ja nie, wenngleich er relativ offen und zugänglich wirkt.

„Es ist kein Problem, wirklich, ich freue mich über jeden Besucher eurer Familie. Schließlich sind unsere und eure Pferde die besten der Welt."

Wir schnallen uns an und setzen die Kopfhörer auf, um uns gegen den Lärm zu schützen.

„Das stimmt natürlich", sage ich in mein Headset und registriere, wie Cody nickt.

Ich bin froh, dass ich es hier offenbar nicht mit einem Aufreißer zu tun habe, und entspanne mich ein wenig. Cody ist nett, aber nicht sexy. Die kommenden Tage werden wahrscheinlich ganz unaufgeregt werden, da es nicht den Anschein hat, als ob er vorhätte, an mir rumzubaggern. Gerade tippt er etwas auf seinem Smartphone und ich kann mir gut vorstellen, dass es ein Text an die Brünette von eben ist, so wie er vor sich hingrinst.

Ich für meinen Teil freue mich darauf, endlich mal wieder reiten zu gehen. Das ist leider etwas, zu dem ich, seit ich beruflich so erfolgreich bin, nur noch selten komme.

Und dann sind wir auch schon in der Luft. So kann ich mir Kansas in Ruhe von oben ansehen und genieße die Vogelperspektive.

„Wie weit draußen liegt euer Anwesen eigentlich?", frage ich etwas später, nachdem er mir ein wenig über Größe und Geschichte der Newfall Ranch erzählt hat.

„Wenn man mit dem Auto unterwegs ist, nimmt man die Interstate 335 nördlich und ist in gut zwei Stunden in Topeka. Oder du nimmst die I 35 direkt nach Kansas City, das dauert maximal vier Stunden, also ein Katzensprung."

Für amerikanische Verhältnisse vielleicht, das behalte ich jedoch lieber für mich. Ich will ja nicht unhöflich sein. Topeka ... nie gehört.

„Huh, also man muss doch Sitzfleisch haben", scherze ich.

„Na, mit dem hier geht's wesentlich schneller. Wir haben öfter mal was an anderen Orten zu tun und nicht immer Pferde im Anhänger dabei."

„Perfekt, sich einfach einen Heli zuzulegen."

„Die Dame des Hauses ist gerne mobil." Er grinst mich an und ich versuche mir auszumalen, wie seine Frau wohl aussehen mag. Einen Ring kann ich an seinen Händen nicht entdecken, aber das muss ja nichts heißen. Wenn dem so wäre, würde er in meinem Ansehen allerdings sofort sinken, nach dem, was ich eben am Flughafen miterlebt habe.

Er wirkt gar nicht wie ein Arschloch, das seine Frau betrügt – eher das Gegenteil: Wie der gute Junge, der seine Angetraute schon im Sandkastenalter kennenlernt und bis ans Ende seiner Tage mit ihr zusammenlebt.

Dass die Brünette vorhin nicht seine Gattin war, war eindeutig. Oder?

Ich bin gespannt, was mich auf der Ranch erwartet, vielleicht haben diese Cowboys es ja doch faustdick hinter den Ohren und das spitzbübische Auftreten ist nur eine Masche.

2

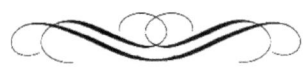

„HERZLICH WILLKOMMEN auf der Newfall Ranch. Sie liegt inmitten der wunderschönen Tallgrass Prairie National Preserve, in Cottonwood Falls, falls es dich interessiert", informiert mich Cody augenzwinkernd.

Er springt aus dem Heli und reicht mir seine Hand, um mir beim Aussteigen behilflich zu sein. Aus der Luft hat er mir schon ein bisschen was zu Aufteilung der Ranch erklärt, von hier unten sieht alles noch mal viel größer aus. Hier bekommt der Begriff „unendliche Weiten" noch eine ganz neue Bedeutung.

Ich bin zudem froh, dass ich eine Jacke anhabe, denn die Temperaturen sind nicht gerade mild, aber für Oktober wohl normal.

„Vielen Dank, Cody", erwidere ich. Ich lächele ihn kurz an und knipse dann ein kurzes Selfie vor dem Hubschrauber, das ich später posten will.

„Soll ich dich fotografieren?"

„Nein, danke. Schon erledigt. So ist es authentischer."

Er hebt eine Augenbraue, sagt jedoch nichts.

„Dann komm mal mit, du willst dich wahrscheinlich frischmachen, bevor wir einen Rundgang unternehmen?"

„Gern. Das ist sehr ... umsichtig, vielen Dank."

Er schnappt sich meinen Koffer und atmet angestrengt aus.

Ja, ich weiß, er ist schwer, aber ich wusste ja nicht, was ich alles brauchen würde ...

Mir fällt auf, dass alles viel grüner ist, als ich erwartet habe. Die ganze Anlage wirkt zudem sehr gepflegt. Ich folge Cody die wenigen Stufen nach oben zum Eingang und bin erstaunt, wie weitläufig das U-förmig gebaute Haus tatsächlich ist. Cody hat mir zwar schon auf dem Flug erklärt, dass sich im Westflügel die Büros und die Unterkünfte der Mitarbeiter befinden, die nicht täglich pendeln können. Dass es so viele sein würden, hätte ich jedoch nicht gedacht.

„Wir haben drüben natürlich noch eine Haustür, ich kürze den Weg jetzt einfach mal ab."

Ich nicke. Mir soll es recht sein.

Im Büro stehen drei Kerle zusammen, die ähnlich gekleidet sind wie Cody, und grüßen uns höflich. Außerdem sitzt noch eine Frau an einem Schreibtisch und telefoniert. Sie nickt höflich lächelnd und wendet sich wieder ihrem Bildschirm zu.

„So, dann hätten wir den Westflügel hinter uns und kommen gleich in unseren Wohnbereich."

„Sehr schön."

Ich muss zugeben, ich bin gespannt, wie die Hinterwäldler leben. Das Anwesen ist jedenfalls beeindruckend, und dass sie sogar einen Pool im Garten haben, finde ich auch nicht schlecht. Im Sommer wird es in Kansas wahrscheinlich ziemlich heiß und eine Abkühlung dürfte da sehr angenehm sein. Auf den ersten Blick gibt es hier deutlich mehr Komfort, als ich vermutet hätte. Aber wenn man bis zur nächsten Zivilisation mit einem Hubschrauber fliegen muss, ist es wohl nicht dumm, es sich zu Hause so schön wie möglich zu machen. Reich genug scheinen die Hawkins' jedenfalls zu sein, das hätte ich mir auch gleich denken können. Wenn man in ihrer Liga spielt, liegt der Preis für ein gutes Rennpferd schon mal locker über einer Million Dollar.

Wenn ich Cody richtig zugehört habe, dann haben sie über hundertfünfzig Pferde. Es steht also eine Menge Kapital auf dem Hof.

Der Flur im Wohnbereich ist großzügig und mit den gleichen Fliesen ausgelegt wie drüben im Westflügel. An den Wänden hängen einige Bilder, Landschaften, Pferde natürlich, aber insgesamt ist es eher nüchtern gehalten und es gibt nicht viel Schnickschnack und Brimborium. Die Dame des Hauses, wie Cody vorhin gesagt hat, scheint nicht übermäßig viel Wert auf Dekoration zu legen. Das finde ich sympathisch, ich mag klare Linien und wenig Schnörkel.

„Wir haben es gleich geschafft", verkündet er lachend. „Nur noch die Treppe nach oben, dann sind wir beim Gästezimmer."

„Kein Problem, kann nur sein, dass ich mich nachher verlaufe", scherze ich und folge ihm über eine große Holztreppe mit weißem Geländer nach oben.

Im Obergeschoss liegt geöltes Eichenparkett, das beim Betreten keinen Laut von sich gibt. In meinen Vorstellungen hätten in einer amerikanischen Ranch dicke Holzdielen liegen müssen, die unter jedem Schritt ein lautes Knarzen ertönen lassen.

Sieht man mal wieder, wie man sich täuschen kann. Das Zuhause der Hawkins ist modern, hell und überhaupt nicht hinterwäldlerisch, wie von mir zunächst befürchtet.

„Ein schönes Heim habt ihr", sage ich zu Cody, als er die Tür zu einem Zimmer öffnet und meinen Koffer hineinschiebt.

„Vielen Dank. Wir haben hier vor acht Jahren neu gebaut, vorher sah es ganz anders aus. Es ist toll geworden, finde ich auch. Ich habe damit allerdings nichts zu tun. Sonst gäbe es hier keinerlei Komfort." Cody zwinkert mir zu.

„Männer", kommentiere ich und muss lachen.

„Genau." Er nickt.

Es macht Spaß, mit Cody zu scherzen, er ist eine angenehme Person. Ich bin überrascht, dass ich mit einem Hinterwäldler so schnell warm werde – auf einer freundschaftlichen Ebene, versteht sich. Er ist für mich sexuell in etwa so interessant wie eine Knutschkugel.

„Da sind wir", verkündet er und ich trete nach ihm ein. Es ist ein großzügiger und lichtdurchfluteter Raum. An der linken Wand befindet sich ein wuchtiger Kamin mit einem Sessel davor. Ein sehr bequem wirkendes Doppelbett steht gegenüber, mein Blick wird jedoch von der Fensterfront angezogen. Sie ist hoch, aber nicht bodentief. Von meinem Zimmer aus erspähe ich nichts als die Prärie, Pferde und den Horizont.

Ein wahnsinniger Kontrast, wenn man bedenkt, dass ich noch vor ein paar Stunden in den Häuserschluchten Manhattans umhergewandert bin.

„Wow", entfährt es mir und ich pilgere zum Fenster.

„Es freut mich, dass es dir gefällt. Hier kannst du einen wundervollen Sonnenaufgang beobachten, wenn du ein Frühaufsteher bist. Osten liegt in dieser Richtung." Er zeigt geradeaus.

Früh aufstehen ist nicht wirklich mein Ding, aber wir haben ja schon Oktober, da muss ich für das Himmelsspektakel nicht um halb fünf aus den Federn springen.

„Mal sehen, ob ich das schaffe", antworte ich wahrheitsgemäß und lache.

„Ist es in Ordnung, wenn ich dich in circa dreißig Minuten abhole? Brauchst du sonst etwas? Hier drüben ist das Badezimmer."

„Perfekt. Ich habe alles, danke dir. Das passt super. Dann kann ich mich noch schnell umziehen."

Ich blicke an mir herunter. Mit meiner engen Lederleggins und dem Mohairpullover bin ich für eine Besichtigung der Stallungen und Pferde nicht unbedingt angemessen gekleidet.

„Mach dir keine Umstände, für heute hatte ich sowieso nicht mehr viel geplant. Ich wollte dich erst mal in Ruhe ankommen lassen, kennenlernen und all das. Den Rest meiner Familie stelle ich dir auch gleich vor."

Und dann bin ich alleine und lasse mich erst mal aufs Bett fallen, nehme mein Handy und poste das Bild, das ich vor dem Hubschrauber geschossen habe, auf Instagram. Ich nutze ein paar neue Hashtags, das Leben auf einer Ranch kann ich bestimmt ein bisschen interessanter aussehen lassen, als es sich aktuell für mich anfühlt. Zufrieden veröffentliche ich mein Foto.

Obwohl ich das Reisen gewöhnt bin, bin ich an diesen Tagen immer furchtbar aufgekratzt. Ich schwinge mich deshalb schon wieder auf die Beine und schlüpfe aus meinen Biker-Stiefeln. Dann befördere ich meinen Koffer auf den Boden, klappe ihn auf und überlege, was ich für den Rundgang anziehen könnte. Die Auswahl ist groß, auf die Schnelle komme ich zu keinem Entschluss, entscheide mich daher, lieber das Badezimmer zu erkunden.

Wow, die Einrichtung ist nicht unbedingt das, was ich mir aussuchen würde, aber sie ist exklusiv. Alles ist in Naturtönen gehalten und passt damit perfekt in diese Gegend. Was mir besonders gefällt, ist, dass man von der Badewanne aus direkt nach draußen sehen kann. Ich freue mich darauf, sie auszuprobieren, und wünschte, ich hätte mehr als eine halbe Stunde Zeit, bis mich Cody abholt.

„Nachher", verspreche ich mir selbst und drehe mich im Kreis. Es ist merkwürdig für mich, hier zu sein. Es ist so still. Man hört einfach nichts. Nachdem ich zuvor eine gute Woche in New York gewesen bin, kommt es mir jetzt vor, als wäre ich auf einem anderen Planeten gelandet.

Bevor ich das Bad verlasse, mache ich mich ein wenig frisch. Ich bin gerade fertig, als es an meiner Tür klopft.

„Ja?"

Es ist natürlich Cody, der mich abholen will.

Mist.

Das ist ja mal wieder typisch für mich ... na gut, dann muss es eben so gehen.

„Komm rein", antworte ich und steige schnell wieder in meine Stiefel.

„Bist du bereit?" Sein Grinsen ist ansteckend und ich spüre, wie sich meine Mundwinkel ebenfalls nach oben biegen.

„Ja, wenn du mich so mitnimmst?"

„Logisch, zieh dir vielleicht eine Jacke an. In den Pferdehäusern ist es mitunter recht zugig."

„Ihr habt Häuser für eure Pferde, oder ist das nur so ein amerikanischer Ausdruck, den ich blöde Engländerin nicht kenne?", scherze ich und folge ihm.

„Nein, sie sind wirklich aus Stein gebaut. Das Wetter kann hier ab und an verrücktspielen und von Tornados bis Blizzards kann man in einem Jahr alles haben. Bei den erstklassigen Rössern, die wir hier haben, gehen wir lieber auf Nummer sicher."

„Wow, ich bin beeindruckt, wie professionell ihr das handhabt."

„Von nichts kommt nichts. Ich bin überzeugt, dein Dad sieht das ähnlich."

„Ja, na klar. Unsere Ställe sind alle in England, das Klima ist da eher … langweilig."

„Wie man es nimmt." Während wir plaudern, gehen wir nach unten und kommen vom Flur in die Küche. „So, hier ist die Hauptküche. Das Gebäude ist in mehrere Wohneinheiten aufgeteilt, wir sind quasi ein Mehrgenerationenhaus."

„Okay", antworte ich. „Alles hier ist so riesig."

Sie ist großzügig angelegt, aber eher rustikal. Es gibt, wie in den meisten amerikanischen Küchen, eine Insel, nicht mit Herd, nur mit einem Waschbecken. Darüber hängen zwei Pendelleuchten im Landhausstil. An der Wandseite befindet sich ein großer Gasherd mit einer gigantischen Edelstahlabzugshaube.

„Hier kann man ja eine halbe Armee versorgen", witzele ich.

„Könnte man, ja. Die Mitarbeiter werden allerdings im Westflügel versorgt, dieser Bereich ist wirklich privat."

„Es ist wahnsinnig toll bei euch."

„Danke. Hier ist auch eine Tür, die in den Innenhof führt. Wir nehmen gerne den kürzesten Weg." Er lacht und macht sie auf.

„Alle Wege führen in den Stall, oder so ähnlich?"

„Genau, du hast es erfasst, Tessa."

Wir marschieren am Pool vorbei. Sieht einladend aus, momentan ist aber kein Schwimmwetter, wobei er wahrscheinlich sogar beheizt ist. Es sieht nach einer echten Party-Zone aus. Im Wasser sind vier feste Hocker und am Rand davor befindet sich die zugehörige, eingelassene Bar.

„Meine Schwester Ashley würde den hier lieben. Feiert ihr viel?" Das kann ich mir gar nicht vorstellen. Cody ist eher so ein Kumpeltyp. Hm.

„Ab und zu. Einmal im Jahr gibt es bei uns die legendäre Newfall-Ranch-Sommerparty, dann ist hier richtig was los. Die meiste Zeit dreht es sich allerdings doch um die Pferde und nicht ums Feiern."

Zunächst führt er mich durch die Pferdehäuser mit den Wallachen und Stuten, alles ist penibel sauber und scheint einen festen Platz zu haben. Uns begegnen mehrere Mitarbeiter, die sauber machen, Pferde führen oder ausmisten. Alle grüßen höflich und Cody wechselt mit jedem ein paar persönliche Worte. Man merkt sofort, wie fabelhaft er die Ranch leitet.

Ich bin zutiefst beeindruckt, das muss ich ehrlich zugeben.

„Englische Vollblüter sind was ganz Besonderes", meint er zu mir und klopft einem Rappen an den Hals, der sich neugierig über sein Gatter in den Gang reckt. „Aber das muss ich dir ja nicht sagen. Wir haben von allen Farben welche dabei, natürlich meist Braune, Füchse, Rappen und sehr selten Schimmel."

„Ich liebe Schimmel", teile ich ihm lächelnd mit.

„Wie alle Mädchen." Cody grinst verschmitzt.

„Ist das so?"

„Ja, die meisten träumen doch auch von Einhörnern."

Wir lachen beide und gehen weiter.

„So, jetzt kommen wir noch zum Highlight. Dem Hengsthaus."

„Es war klar, dass um die Herren immer so ein Aufhebens gemacht wird, dass sie ein eigenes Haus bekommen."

„Wir haben elf Zuchthengste und alle sind mehrfach preisgekrönt." Der Stolz in seiner Stimme ist nicht zu überhören. „Über den Wert der einzelnen Tiere muss ich dir ja nicht viel erzählen. Dein Vater kannte beinahe jeden Stammbaum unserer Hengste, ich war sehr beeindruckt."

„Mein Dad ist pferdeverrückt."

„Das macht ihn selbst zu einem so guten Züchter."

„Ja, bestimmt. Natürlich hat er einen Verantwortlichen, der vor Ort das Sagen hat."

„Das muss man in der Größenordnung auch. Er behält sich wahrscheinlich vor, die wichtigen Entscheidungen selbst zu treffen?"

„Ja, das ist richtig. Nebenbei", ich male Gänsefüßchen in die Luft, „leitet er ja einen Konzern", scherze ich.

„Klar, wir konzentrieren uns hier auf die Pferde und unsere Zucht."

„Ich bin mir sicher, mein Dad könnte sich auch voll und ganz in seine Pferdeliebe stürzen, wenn meine Schwester die Konzernleitung eines Tages übernimmt. Aber das dauert wohl noch ein bisschen."

„Und da wären wir."

Wir gehen durch ein offen stehendes Tor und mir verschlägt es den Atem. Das hier ist kein Pferdehaus, das ist ein Palast. Wahnsinn.

„Krass", entfährt es mir. „Das Futter wird elektronisch gesteuert?"

„Ja, unter anderem. Eine kleine technische Spielerei. Ansonsten haben wir auf eine gute Ausstattung geachtet, um unseren Hengsten ein angenehmes Leben zu ermöglichen. Nur Kerle unter sich, das ist manchmal nicht leicht."

Ich lache. „Das kann ich mir denken, die Testosteronausdünstungen kann man deutlich riechen", witzele ich, und um meine Aussage zu bestätigen, wiehert ein Fuchs laut und durchdringend.

Ich sehe erst jetzt, dass eine Box geöffnet ist. Sie ist leer. Im gleichen Moment höre ich Hufe klappern.

„Ah, da ist er ja", informiert mich Cody und tritt einen Schritt beiseite, um Platz zu machen, als ein in schwarz gekleideter Mann mit einem göttlichen Schimmel in das Hengsthaus kommt.

Ich habe nur Augen für diesen Traumhengst. Wenn ich mir ein Pferd auswählen dürfte, dann dieses – er ist einfach perfekt.

Lange, kräftige Beine, die Kuppe ist ausgeprägt, aber nicht zu massig und der Hals ist muskulös, aber nicht zu lang. Die Mähne ist üppig und glänzend und das wachsame Tier hat alles genauestens im Blick. Ich trete einen Schritt auf den Hengst zu. Die Farbe ist immer noch grau mit dunklen Sprenkeln – das strahlende Weiß zeigt sich erst mit den Jahren.

„Na, wer bist du denn?" Ich streichle den Schimmel mit der flachen Hand zwischen den Augen. Als würde es ihm gefallen, schnaubt er leise und nickt.

„Vorsicht, der hier hat ein ganz spezielles Temperament", warnt mich eine dunkle, rauchige Stimme. Der Tonfall ist, milde ausgedrückt, gereizt, sodass ich zurückschrecke und nach hinten taumele.

„Tessa, das ist Derek", klärt mich Cody seufzend auf.

„Der Hengst heißt Derek?", frage ich leicht irritiert und neige meinen Kopf. Ich glaube, es ist Liebe auf den ersten Blick.

„Nicht der Hengst, der heißt Hyperion", lacht Cody.

„Oh!" Ich war so fasziniert von dem wundervollen Tier, dass ich den Mann komplett ignoriert habe. Ich setze ein Lächeln auf und wende mich Derek zu, um ihm die Hand zu schütteln. Vermutlich ist er dafür zuständig, mir morgen die Pferde im Roundpen vorzuführen. Ich kann mir nicht vorstellen, warum Cody ihn mir sonst als einzigen seiner Mitarbeiter persönlich vorstellt.

Dereks Gesichtsausdruck ist grimmig. Seine graublauen Augen ruhen einen Moment zu lange auf mir, sodass mein Herz ins Stolpern gerät.

„Schon gut, ich habe ohnehin zu tun", knurrt Derek und wendet sich ab. Er zieht seinen Stetson tiefer in die Stirn und bringt Hyperion in seine Box.

Ich muss mich eine Sekunde erholen.

Was war das denn?

Cody nickt entschuldigend. „Derek arbeitet immer sehr fokussiert, wir sehen ihn ja nachher noch, dann wird er hoffentlich zugänglicher sein ..."

„Kein Problem", überspiele ich meine leichte Irritation. Normalerweise schenken mir Männer mehr Beachtung als dieser Griesgram. Aber das war vielleicht meine Schuld. Ich habe selbst dem Schimmel mehr Aufmerksamkeit gewidmet als dem Menschen, der ihn führte. Wobei ich kaum glauben mag, dass ein schlechtgelaunter Cowboy sich bei mir über mangelnde Manieren beschweren darf. Er hat nicht mal Hallo gesagt!

Der Gedanke ist so erheiternd, dass sich meine Mundwinkel nach oben biegen.

„Beim Abendessen haben wir ausgiebig Zeit zu plaudern. Ach, da ist ja auch noch Bill. Bill, komm doch mal her", ruft Cody einem Mann Mitte fünfzig mit einem cremefarbenen Stetson auf dem Kopf zu. Sein Gesicht ist sonnengegerbt, er ist groß, aber nicht mager. Er trägt ein helles Hemd und ausgewaschene Jeans.

Ein Bilderbuch-Cowboy. Bills breites Lächeln ist ansteckend.

„Guten Tag, junge Lady, schön, Sie kennenzulernen", begrüßt er mich.

„Tessa, das ist Bill Walton, er ist der Ranch-Manager und hat nach uns das Sagen hier. Also, wenn was sein sollte, wende dich vertrauensvoll mit allen Fragen an uns oder an Bill."

„Bill, ich freue mich." Wir schütteln die Hände. Seine Finger sind kräftig und schwielig, aber trocken und angenehm warm. Dem Mann zieht bestimmt kein noch so bockiger Hengst die Zügel aus der Hand. Er wirkt absolut kompetent auf mich.

„Ganz meinerseits. Ganz meinerseits. "

Wir plaudern ein wenig über die Anlage und die Pferde, dabei fällt mir immer wieder auf, dass Bill sehr gerne laut und viel lacht. Es ist dieses typische amerikanische Lachen, das nach jedem dritten Satz beinahe obligatorisch dazugehört. Ich mag ihn trotzdem.

„Lernt man das auf der Cowboy-Akademie?", scherze ich und die beiden starren mich irritiert an.

Mist. Da bin ich mit meiner taktlosen Offenheit wohl mal wieder zu weit gegangen. Dabei habe ich es nicht als Kränkung, sondern als Kompliment gemeint.

„Na, so was gibt es nicht, Lady", meint Bill und ich spüre, wie ich rot werde. Ich lächele verlegen und streiche mir eine Strähne hinter das Ohr.

„Das meinte ich auch nicht beleidigend, Entschuldigung. Ich wollte damit sagen, dass ich ziemlich beeindruckt bin, wie das hier aufgezogen wurde. Ein sehr eindrucksvolles Anwesen ... und die Pferde erst", ich spitze meinen Mund und mache eine Geste dazu. „Zucker. Einfach Zucker."

Damit scheine ich die beiden zu besänftigen und die angespannten Mienen weichen einem verträumten Gesichtsausdruck. Sie haben wahrscheinlich die gleichen Bilder im Kopf wie ich.

Die Newfall Ranch ist eine Idylle, wie sie Hollywood niemals darstellen könnte. Alles ist grandioser, als man es malen könnte. Das erinnert mich daran, dass ich noch ein paar Fotos machen muss.

„Lass uns reingehen, Tessa. Du bist bestimmt hungrig. Ich bin so ein schlechter Gastgeber, sorry. Ich hätte dich verpflegen müssen, meine Mom reißt mir den Kopf ab. Bis dann, Bill."

„Yes, Sir. Mam." Er tippt sich an den Stetson und setzt seinen Weg breitbeinig und mit lauten Schritten fort.

„Ich komme gleich nach, wenn das okay ist?", wende ich mich an Cody. „Den Weg in die Küche finde ich."

„Klar."

„Super, muss noch mal kurz telefonieren", lüge ich. Seine Reaktion auf mein Hubschrauber-Selfie ist mir noch in Erinnerung, daher die kleine Schwindelei.

3

NACHDEM CODY mir seine Mutter Rose – die Frau im Haus – vorgestellt hat, bin ich irgendwie erleichtert. Er ist also nicht, wie von mir vermutet, verheiratet. Obwohl es mir natürlich egal sein kann, ob Cody seine Gattin betrügt oder nicht, aber so ist es mir lieber. Damit passt er wieder in das Bild, das ich von Anfang an von ihm hatte.

Seine Mutter ist sehr sympathisch und aufgeweckt, sie und Cody haben viel Ähnlichkeit miteinander. In dieser Sekunde trottet ein Junge ins Esszimmer. Ich schätze ihn auf nicht älter als fünf. Seine dunkelblonden Haare sind viel zu lang und der Pony fällt ihm dauernd in die Augen, sodass er ihn sich ständig aus dem Gesicht pustet.

„Das hier ist unser Tyler." Rose nimmt den Kleinen auf den Arm und streicht ihm zärtlich über den Kopf. Die beiden haben die gleiche Haarfarbe und die Familienähnlichkeit ist kaum zu übersehen. Er windet sich und sie setzt ihn lachend wieder ab.

Ich schaue zu Cody. „Er ist mein Neffe", beantwortet er meinen fragenden Blick.

„Hi Tyler", sage ich lächelnd und gehe in die Hocke, um auf seiner Höhe zu sein. „Ich bin Tessa, freut mich, dich kennenzulernen."

„Bleibst du für immer bei uns?", fragt er mich und strahlt mich an.

Ich muss lachen. „Nein, Kleiner. Nur für ein paar Tage."

„Ach, schade. Grandma sagt immer, es fehlt eine Frau im Haus, und ich dachte, ... jetzt ist endlich eine da."

„So einfach ist die Sache leider nicht." Rose schüttelt kaum merklich den Kopf, ihre Augen funkeln jedoch amüsiert. „Wenn es so wäre, wären meine beiden Söhne nicht ..."

„Mom", unterbricht Cody sie energisch. An den breiten amerikanischen Akzent hier draußen muss ich mich als Engländerin noch gewöhnen.

„Ja, ja schon gut." Sie hebt die Hände und geht zum Esstisch, auf dem schon einige dampfende Schüsseln stehen.

„Ich hoffe, Sie mögen Hausmannskost, Tessa?", wendet sich Rose noch einmal an mich. Sie trägt eine luftige Bluse und eine geblümte Stoffhose. Locker und modern, ihre Haut ist für ihr Alter erstaunlich rosig und das garantiert ohne Botox, denn ihr Blick, mit dem sie Cody eben bedacht hat, sprach Bände. Ich würde sie auf Ende fünfzig schätzen, sie muss sehr jung Mutter geworden sein.

„Natürlich", lüge ich schnell, als ich merke, dass die Pause nach ihrer Frage zu lang wird. Was hier auf dem Tisch steht, Kartoffeln, Soße, Braten, Möhrengemüse, und das sicher mit Butter abgeschmeckt, ist eigentlich nicht so mein Fall, ich will jedoch nicht unhöflich sein.

Wir setzen uns und Rose lacht.

„Sehr gut, Tessa. Man muss sich bei drei Männern im Haus daran gewöhnen, dass man jeden Tag Fleisch auf den Teller bringen muss. Glauben Sie mir, ich würde auch lieber einen leichten Cesar-Salat essen, als das, … aber dann gibt's hier nur hängende Mundwinkel. Geben Sie mir Ihren Teller, bitte."

Drei Männer? Und wo ist die Mutter des Jungen?

In diesem Moment kommt der Griesgram aus dem Hengsthaus durch die Tür. Er trägt die gleichen Klamotten wie vorhin, nur den Stetson hat er abgelegt.

„Schön, dass du uns beehrst", tadelt Rose ihren … Sohn.

O mein Gott.

Ich hatte Derek für einen ganz normalen Mitarbeiter gehalten, nicht für Codys Bruder. Ich spüre, wie ich rot anlaufe, und versuche, mir nichts von alledem anmerken zu lassen.

Und ich habe nur den Hengst beachtet, kein Wunder, dass er so sauer reagiert hat.

Wie unhöflich von mir! Na wundervoll, ich bin direkt nach der Anreise ins erste Fettnäpfchen getreten. Super.

„Derek, ihr habt euch ja im Stall schon kurz getroffen", mischt sich Cody ein. „Das ist Tessa Prescott, mit ihrem Dad hattest du ja bereits gesprochen."

„Hm", brummt er, streicht Tyler über den Kopf und setzt sich. Er hat es offenbar nicht für nötig befunden, sich frischzumachen. Von ihm zieht ein leichter Duft nach Heu und Pferden in meine Richtung. Nicht unangenehm, … aber ungewohnt.

Anscheinend denkt Rose das Gleiche wie ich, sagt jedoch nichts, während sie mir eine ordentliche Portion auffüllt. Lediglich ihre aufeinandergepressten Lippen verraten, wie es in ihr aussieht.

„Vielen Dank." Ich nehme Rose meinen Teller ab und bin überrascht, wie köstlich das Essen riecht. Erst jetzt fällt mir auf, dass ich seit heute Morgen nichts mehr gegessen habe. Höflich warte ich, bis jeder etwas hat, und beobachte Derek dabei verstohlen.

Nie hätte ich die beiden für Brüder gehalten, Derek hat dunkle, fast schwarze Haare und kantige Gesichtszüge. Seine Wangen sind unrasiert und der Bartschatten lässt ihn verwegener wirken, als seine düsteren Klamotten ohnehin schon anmuten. Er hat breite Schultern und ist ein ganzes Stück größer und maskuliner als Cody. Dereks Haar ist einen Tick zu lang, um noch Frisur genannt werden zu können. Gerade jetzt streicht er sich eine Strähne aus der Stirn.

Immerhin eine Gemeinsamkeit zwischen Vater und Sohn. Wow. Wer hätte gedacht, dass der nette kleine Junge so einen Muffel als Dad haben würde?

„Guten Appetit", wird sich gegenseitig gewünscht.

„Vielen Dank für die Einladung", füge ich noch hinzu.

„Waren Sie schon einmal in Kansas?", wendet sich Rose an mich.

„Leider nicht, es ist herrlich, hier zu sein", beeile ich mich zu sagen.

„Schön einsam", witzelt Rose, aber ich kann mir vorstellen, dass ein Funke Wahrheit darin liegt.

„Dad mochte es jedenfalls hier draußen", murmelt Derek, bevor er sich eine vollbeladene Gabel in den Mund schiebt.

Rose' Gesichtsausdruck verändert sich nicht, nur das Heben ihrer Schultern verrät, dass sie sich über Dereks Satz ärgert.

„Kansas ist der Inbegriff des Wilden Westens", mischt sich Cody nun ein. „Der Name leitet sich von dem Wort *Kansa* ab und bedeutet in der Sprache der Sioux ‚Volk des Südwindes'. In den Weiten unseres schönen Staates ist der Mythos Amerika entstanden und hier gibt es bis heute eine endlose Prärie. Du hast ja schon einen guten Überblick vom Heli aus gehabt. Kansas ist exakt in der Mitte der USA und deshalb vom Atlantischen Ozean ebenso weit entfernt wie vom Pazifik."

„Amen", sagt Derek. „Mein Bruder hat in Geographie gut aufgepasst." Er hebt den Kopf und unsere Blicke treffen sich für den Bruchteil einer Sekunde.

Es genügt, um meinen Atem stocken zu lassen.

„Und was hat es mit Topeka auf sich?", frage ich hastig und lächele Cody an, weil mich Dereks Starren zu sehr irritiert.

Der Kerl hat wirklich krass schlechte Laune. Es wird ja wohl nicht nur an meiner holprigen Begrüßung liegen, dass er so mies drauf ist.

„Topeka ist die politische Hauptstadt, nicht etwa Kansas City." Codys Antwort fordert meine Aufmerksamkeit, auch wenn ich nur aus Höflichkeit nach Topeka gefragt habe.

„Ach so. Das wusste ich nicht."

„Onkel Cody, woher weißt du das alles?", ruft der kleine Tyler, während er nach der Ketchup-Flasche greift, die in der Mitte des Tisches steht.

„Hier, bitte." Ich reiche sie ihm und er strahlt mich zum Dank an.

„Kannst du mir auch was draufmachen?", bittet er mich mit seinen hübschen, großen Augen.

Ja, die hat er eindeutig vom Vater.

„Klar, Moment."

„Sie müssen das nicht tun." Derek reißt mir die Flasche aus der Hand und drückt einen Klacks Tomatensoße auf Tylers Kartoffeln.

„Mann, Dad! Ich wollte, dass sie es macht."

„Jetzt ist es zu spät", stellt Derek nüchtern fest und der Junge verzieht sein Gesicht, als ob er gleich anfangen würde zu heulen.

„Schon okay, Tyler. Ich kann es ja das nächste Mal machen", lenke ich ein und zwinkere dem kleinen Kerl zu.

„Also, wo waren wir? Ach ja, Kansas. Unser Bundesstaat wird auch ‚Brotkorb der USA' genannt, weil wir überwiegend Landwirtschaft betreiben und ganz groß in der Weizenproduktion sind. Außerdem haben wir die größten natürlichen Erdgasfelder der Erde und Flugzeugbau ist ein wichtiges wirtschaftliches Standbein", fährt Cody fort.

„Nun hör schon auf", lästert Derek. „Sie denkt sonst noch, du willst ihr Kansas schmackhaft machen."

„Bitte, Derek, sei nicht albern." Rose trinkt einen Schluck. „Es kann ja nicht jeder so muffelig sein wie du."

Ich muss kichern und Cody lacht ebenfalls. Derek schiebt sich erneut einige Strähnen aus dem Gesicht und widmet sich schweigend seinem Essen.

Mir fällt auf, dass er mich noch kein einziges Mal angesprochen hat, und das stört mich. Es ist mehr als nur grob unhöflich, neben seiner Halb-Beleidigung, dass mich Informationen über Kansas ohnehin nicht interessieren würden.

„Derek", wage ich deshalb einen Vorstoß. „Erzählen Sie mir doch etwas über Hyperion, er wirkte außergewöhnlich auf mich."

Seine graublauen Augen mustern mich skeptisch, seine Stirn liegt in Falten. Mir wird ganz heiß unter seinem Blick, aber ich weiche ihm nicht aus. Männern wie ihm darf man nicht zeigen, wie sehr sie einen einschüchtern.

„Ich glaube, der ist eine Nummer zu groß für dich, Süße."

Ich schnappe nach Luft. Was bildet der Kerl sich eigentlich ein?

„Sorry, Tessa. Ich muss mich für meinen Bruder entschuldigen, er hat nicht gerade die besten Umfangsformen."

Ich lache schrill, erwidere jedoch nichts.

Schnell trinke ich einen Schluck Wasser. Rose atmet hörbar aus und tupft sich dann ihren Mund mit ihrer Serviette ab.

„Hyperion", fährt Cody unbeirrt fort, „ist ein sechsjähriger Hengst. Er zeichnet sich durch Schnelligkeit und Eleganz aus. Allerdings benötigt er eine feste Hand. Er erhält von uns jetzt schon eine Ausbildung, die bei reinen Rennpferden normalerweise nicht üblich ist. Wir haben es uns hier zum Grundsatz gemacht, dass unsere Tiere einige Basics beherrschen, bevor sie auf die Rennbahn dürfen. Natürlich ist er kein fertiges Spring- oder Dressurpferd, wenn er auf den Markt kommt …"

„Das ist spannend, man kann ihn also schon reiten?", will ich wissen.

„Mann kann das", murmelt Derek, ich ignoriere sein Gebrabbel. Noch einmal werde ich mich nicht über diesen Idioten aufregen. Ich bin froh, dass ich vor allem mit Cody und Bill zu tun haben werde, wenn es um die Pferde geht.

„Er ist noch im Beritt, also wirklich nur für erfahrene Reiter zu handhaben."

„Ja, das leuchtet mir ein."

„Aber er ist ein Pferd der Spitzenklasse, ein Ausnahmehengst. Ich überlege, ob wir ihn überhaupt verkaufen sollen, na ja. Wir können leider nicht alle behalten." Er grinst schief und legt sein Besteck beiseite.

„Dad, darf ich aufstehen?" Tyler ist schon halb vom Stuhl gesprungen.

Es wundert mich sowieso, dass der Junge so lange brav stillgesessen hat. Wahrscheinlich hat er viel zu viel mit Erwachsenen zu tun.

„Hast du keine Geschwister?", frage ich ihn.

„Nein, leider nicht. Ich muss immer alleine spielen." Er schaut mich traurig an.

„Ja, geh schon hoch, Tyler. Ich komme gleich." Derek zieht ihn kurz an sich und gibt ihm einen Kuss auf den Scheitel. So eine zärtliche Geste hätte ich dem Klotz gar nicht zugetraut. Als er aufblickt, ist seine Miene wieder so verschlossen wie zuvor.

„Spielst du morgen mit mir?", fragt mich Tyler und postiert sich neben mir.

„Na klar."

„Sie müssen das nicht tun", teilt mir Derek kühl mit.

„Das ist mir bewusst. Stört es Sie denn, wenn ich ein bisschen Zeit mit Tyler verbringe?"

Er kann mich nicht leiden, das ist offensichtlich, aber alles muss ich mir deswegen trotzdem nicht gefallen lassen.

Mir entgeht nicht, dass Rose grinst. Habe ich so was Lustiges gesagt?

Derek springt auf, wirft seine Serviette auf den Tisch und verschwindet mit einem „Solange keine Bilder von ihm auf Instagram erscheinen … Gute Nacht."

Ich hebe eine Augenbraue, bis ich kapiere, was er meint.

Er muss mich beobachtet haben, und er weiß, dass ich die ganzen Selfies nicht für mich alleine geschossen habe. Einmal bei Google meinen Namen eingegeben, dürfte er einiges über mich in Erfahrung gebracht haben.

„Sehen Sie es ihm nach", bittet mich Rose. „Er ist ein guter Junge, aber mit Frauen hat er es nicht mehr so, seit …"

„Mom", unterbricht Cody sie.

„Seit ihn die Mutter seines Sohnes direkt nach der Geburt mit dem Kind für einen reichen Kerl aus Hollywood sitzen gelassen hat", fährt Rose unbeirrt fort.

„Oh!", entfährt es mir. „Das ist ja … schrecklich."

Natürlich denke ich sofort daran, dass auch ich ohne Mum aufwachsen musste.

„Haben Sie eine Nanny?"

„Was? Nein. Ich passe auf ihn auf, er ist schließlich mein Enkel, und ich bin noch nicht mal sechzig. Na ja", sie lacht. „Sie wissen schon, ich bin noch kein Tattergreis."

„Wie machen Sie es, wenn er schulpflichtig wird?"

„Es gibt eine Schule im Dorf, dort bringen wir ihn hin. Mögen Sie Kinder?"

„Mom! Jetzt ist es aber wirklich genug!"

Ich lache und lege Cody meine Hand auf den Arm. „Schon okay. Ich bin in einer großen Familie aufgewachsen, und ehrlich gesagt liebe ich Kinder, auch wenn ich noch keine eigenen habe. Als Model ist man viel unterwegs, wissen Sie."

„Das kann ich mir vorstellen. Haben Sie Geschwister?"

„Ja, vier Schwestern."

„Oh! Ihr Vater hat also einen Stall voller Frauen", gackert Rose und tupft sich den Mund mit ihrer Serviette ab, nachdem sie ihr Besteck zur Seite gelegt hat.

„So in etwa, ja."

„Sprechen wir doch nicht so förmlich. Ich bin Rose, ja?"

„Sehr gerne, Rose."

„Wunderbar. Magst du vielleicht einen Kaffee oder etwas Süßes, Tessa?"

„Nein, vielen Dank. Wann geht es denn morgen los?"

„Ich würde sagen, du frühstückst erst mal in aller Ruhe und ich komme so gegen zehn und hole dich ab. Dann schauen wir uns die Pferde an, für die sich dein Dad interessiert", schlägt Cody vor.

„Das klingt nach einem guten Plan."

„Exzellent." Er steht auf und ich beginne damit die Teller zusammenzuschieben.

„Nicht doch, das wirst du schön lassen", tadelt mich Rose.

„Was, nein! Ich kann helfen", wende ich ein.

„So weit kommt es noch. Eigentlich haben wir eine Haushälterin, aber sie ist für zwei Wochen verreist. Irgendwann muss ja jeder mal Urlaub machen. Ich weiß nur gar nicht, wie ich Tylers Geburtstag ohne sie schaffen soll!"

„Wie alt wird er denn?"

„Derek meint, du musst dir keine Umstände machen, Mom. Er wird fünf, Tessa."

„Pah. So weit wird es noch kommen, dass wir ohne ein ordentliches Essen und Kuchen feiern. Auf keinen Fall. So, und jetzt lasst mich abräumen, Kinder."

„Tessa, du fühlst dich bitte wie zu Hause bei uns", fordert mich Cody auf, während er mich aus dem Esszimmer begleitet. „Du weißt ja nun, wo alles ist. Wenn du Hunger oder Durst hast, kannst du dich gerne bedienen. Ansonsten, sag einfach, was du brauchst oder was fehlt."

„Danke, das ist sehr nett. Gute Nacht, Cody. Danke für eure Gastfreundschaft."

„Sehr gern. Schlaf schön."

„Ja, du auch." Leichtfüßig laufe ich die Treppe nach oben und lasse mir mein heiß ersehntes Bad ein.

Als ich mich ausgezogen habe, fällt mir auf, dass ich die Aussicht gar nicht genießen kann, wenn das Licht an ist.

„Mist." Dabei hatte ich mich so auf das Panorama gefreut.

Mir kommt die Idee, ein paar Kerzen auf den Badewannenrand zu stellen. Ich schaue mich um, leider sind keine hier, aber ich erinnere mich, unten welche gesehen zu haben. Zum Glück hängt ein Bademantel an einem

Haken, den ich mir kurz überziehe. Hatte Cody nicht gesagt, ich solle mich wie zu Hause fühlen? Es wird schon in Ordnung sein, und ich nehme die Kerzen ja auch nicht für immer weg.

Aus der Küche höre ich es klappern, Rose ist noch mit Aufräumen beschäftigt. Ich will sie nicht mit meiner Frage belästigen und setze meinen Weg fort.

Tatsächlich, im Wohnzimmer stehen kleine Teelichter in Gläsern, davon schnappe ich mir vier. Streichhölzer habe ich in meinem Zimmer gesehen, also brauche ich keine vom Kamin mitzunehmen.

Schnell stehle ich mich davon. Als ich auf der Treppe bin, höre ich Schritte, die plötzlich anhalten. Vom Treppenabsatz blickt mir Derek entgegen. Sein Gesichtsausdruck ist nicht unfreundlich, aber auch nicht erfreut. Er bewegt sich nicht, sondern mustert mich nur intensiv. „Gute Nacht", sage ich, gehe mit einem angedeuteten Nicken an ihm vorbei und streife mit meiner Schulter aus Versehen seinen Oberarm. Ein Schauer rieselt über meine Wirbelsäule, ich verdränge das in mir aufsteigende Gefühl sofort und verschwinde, dabei spüre ich seinen Blick im Rücken.

Ich kann mir vorstellen, dass er meinen Aufzug und die Kerzen in meinen Händen seltsam findet, sonst würde er mich wahrscheinlich nicht so anglotzen.

Ich bin froh, als ich meine Zimmertür leise zumache und wieder alleine bin. Meine Beute bringe ich direkt ins Bad, drapiere sie hübsch und zünde sie an.

Ich stelle meinen Fuß auf den Badewannenrand, sodass man Schaumwasser und Flammen sehen kann, und mache ein Foto, das ich auf Instagram hochlade. Meine anderen Postings sind schon zigtausendmal kommentiert und geliket worden. Etliche neue Follower habe ich auch. Sehr gut. Das könnte ja gar nicht besser laufen.

Jeder will wissen, was ich in Kansas mache. Da ich keine Hashtags hinzugefügt habe, die darauf schließen lassen, dass ich für einen Job hier bin, schürt das Spekulationen.

Das Bild mit den Kerzen und der Wanne wird die Überlegungen noch anheizen, ob ich vielleicht auf einem romantischen Trip bin. Ich kichere in mich hinein, als ich den Bademantel ausziehe.

Als Model muss man einen gewissen Mythos um sich aufbauen, damit man interessant bleibt. Nichts ist langweiliger als ein Mensch, der keine Geschichte zu erzählen hat. Ich suche nach einer entspannenden Musik auf meinem Handy, lege es auf die Fensterbank und steige ins Wasser.

Herrlich.

Es gibt keinen anderen Ausdruck dafür.

Der Ausblick auf den klaren Sternenhimmel ist wunderschön. Die Wärme umschmeichelt meine verspannten Muskeln. Ich genieße den Moment und denke nicht länger an die graublauen Augen, die mich jedes Mal, wenn ich ihnen begegne, förmlich durchbohren.

4

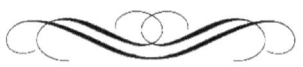

NACH DEM OPULENTEN Frühstück werde ich eine Tablette gegen Sodbrennen benötigen. Mir war durchaus bewusst, dass ich mich auf einer Ranch befinde, wo deftig gekocht wird. Aber Bohnen, Speck und Pancakes am Morgen sind mir einfach zu viel. Sonst gönne ich mir eine Schale Obstsalat mit Müsli oder trinke einen grünen Smoothie. Andererseits möchte ich auch nicht unhöflich sein, denn Rose hat sich viel Mühe damit gegeben.

Tyler spielt mit einem Auto neben uns auf dem Fußboden und ist glücklich mit sich selbst. Schnell noch ein Foto vom Essen auf meinem Account posten, nach dem Motto: Models knabbern nicht nur Salatblätter.

„So ein ruhiger Junge, Wahnsinn", sage ich währenddessen zu Rose.

„Ja, er ist ein so lieber Kleiner. Es ist so ein Jammer …"

Die Tür schlägt auf und Cody poltert mit schmerzverzerrtem Gesicht in die Küche.

Rose springt hoch. „Was ist passiert?"

Sie schließt die Tür hinter ihrem Sohn, er sieht nicht gut aus.

„Das Mistvieh hat gebockt und war sturer als ich." Er hält sich die Schulter.

„Lass mich mal sehen." Rose legt ihre Hand auf seinen Arm.

„Au!", stöhnt Cody.

„Nicht gut. Es ist klar, dass du zu einem Arzt musst. Vielleicht ist das Gelenk nur ausgerenkt, möglicherweise aber auch was gebrochen. Ich lasse den Hubschrauber klarmachen."

Rose stapft davon und Tyler klettert neben mir auf einen der Barhocker.

„Onkel Cody, was ist mit dir? Du bist doch kein Anfänger."

Cody ist blass, er muss starke Schmerzen haben.

„Sorry, Tessa, das wird mit mir heute nichts", murmelt er entschuldigend und beißt die Zähne aufeinander.

„Hey, kein Problem, Cody. Bitte, deine Gesundheit ist wichtiger."

„Nein, ich habe Derek eben gesehen und mit ihm gesprochen. Er ist in einer halben Stunde bei dir."

Derek?

Ich wäre lieber mit einer Horde grüner Ameisen in eine Kiste gesperrt als mit Codys Bruder in einem Raum, halte mich jedoch mit Kommentaren zurück. Derek ist garantiert ebenso wenig scharf auf meine Gesellschaft wie ich auf seine. Cody hat momentan allerdings ganz andere Sorgen.

„O ja. Daddy ist der Beste!", jauchzt Tyler.

„Reitest du manchmal mit ihm?", frage ich den Kleinen.

„Ja, sehr oft. Ich habe sogar meinen eigenen Hengst."

„Wirklich? Bist du denn nicht ein bisschen zu jung dafür?"

„Mein Hengst ist genauso alt wie ich", sagt er stolz. „Er ist jetzt vier und wird schon von Dad eingeritten. So lange muss ich mit so einer lahmen Ente vorliebnehmen."

Tyler hält seine kleine Hand in die Luft und ich muss schmunzeln.

Gott, er ist so niedlich, dass ich ihn knuddeln möchte.

Cody stöhnt leise, als er sich auf einen Stuhl setzt.

„Kann ich dir was bringen? Eine Schmerztablette?"

Er versucht sich ein Lächeln abzuringen. „Nein, danke. Ich brauche was Stärkeres als ein Aspirin."

„So, da bin ich wieder." Rose saust in die Küche. „In zehn Minuten geht's los. Mit Dr. Palmer in Topeka habe ich gesprochen, er weiß Bescheid, dass du kommst."

„Wir sind gute Kunden", merkt Cody an. „Üblicherweise bin ich aber nicht der Patient. Eigentlich klebe ich im Sattel. Tja, man hat nicht immer Glück."

„Darf ich mit, Onkel Cody? Bitte, bitte."

„Nein, Kleiner. Heute lieber nicht. Beim nächsten Mal, ja?"

„Och Menno. Ich fliege doch so gerne."

„Komm", sage ich. „Lass uns kurz mit deinem Auto spielen, ja?"

Cody nickt mir dankbar zu. Ich kann mir vorstellen, dass er jetzt keine Kraft hat, mit dem Jungen zu diskutieren, warum er nicht mitfliegen kann.

„Vielen Dank, Tessa", sagt Rose. „Cody, komm, ich bringe dich rüber."

„Ich kann das selbst", protestiert der Verletzte.

„So was aber auch. Dass ihr Hawkins-Kerle immer so störrisch sein müsst. Esel solltet ihr verkaufen, nicht Pferde!", lamentiert sie und schiebt Cody aus der Küche.

„Natürlich helfe ich dir. Ich habe dir vor dreißig Jahren

das Leben geschenkt und jetzt werde ich dich wohl auch zum Hubschrauber begleiten dürfen ..."

Ich unterdrücke ein Kichern.

„Oma ist so eine tolle Frau", informiert Tyler mich mit ernstem Gesichtsausdruck.

„Na klar."

„Ja, sie ist die beste Oma der Welt."

„Das kann ich sehen."

„Jeden Abend liest sie mir eine Geschichte vor, bevor mein Daddy mich ins Bett bringt."

„Das ist ja nett von ihr."

„Ja, und mein Daddy bleibt danach immer so lange bei mir, bis ich eingeschlafen bin."

„Dein Daddy ist auch sehr nett", ringe ich mir ab. Aber bei seinem Sohn scheint es zu stimmen, ihn behandelt er sehr liebevoll.

„Ja, und nachts krabbele ich dann in sein Bett", flüstert er mir zu.

„Wirklich?"

„Ja, unter meinem Bett sind nämlich Monster!"

„Nein, Tyler. Das glaube ich nicht."

„Pst, nicht so laut. Sonst lässt Daddy mich nicht mehr bei sich schlafen, wenn er weiß, dass das mit den Monstern gar nicht stimmt."

„Ach, du bist ja schlau!" Ich kichere und sehe, wie Tyler sich den Pony aus der Stirn pustet. „Dir muss mal jemand die Haare schneiden."

„Kannst du das?"

„Ich wüsste nicht, was dich die Frisur meines Sohnes angeht."

Eine dunkle, rauchige Stimme lässt mich zusammenzucken.

„Daddy!", ruft Tyler und springt vom Stuhl. „Stell dir mal vor, Onkel Cody ist vom Pferd gefallen und muss jetzt zum Arzt."

Ich schaue Derek an und wir mustern uns einen Moment wortlos. Sein Gesichtsausdruck sagt mir, dass er mindestens genauso viel Lust hat wie ich, den Tag mit mir zu verbringen. Nervös streiche ich mir eine Strähne aus dem Gesicht.

Der Mann verunsichert mich. So kenne ich mich gar nicht.

„Ich habe deinem Onkel tausendmal gesagt, dass er die Finger von dem Gaul lassen soll, aber nein, er will ja immer alles selbst machen!", schimpft Derek.

„So so." Rose ist wieder zurück. „Er steht ja auf zwei Beinen, also kümmere du dich lieber um unseren Gast, Derek, und hör auf zu meckern."

„Hey, es ist kein Problem, ich kann auch warten", versuche ich mich einzumischen, Rose lässt das jedoch nicht gelten.

„So ein Unsinn. Cody fällt für Tage, wenn nicht Wochen auf der Ranch aus, Derek kann dir genauso gut alles zeigen, nicht wahr?" Sie wirft ihrem Sohn einen strengen Blick zu und zu meiner Überraschung sagt er einen Moment nichts, sondern sieht mich nur mit unergründlicher Miene an und stößt einen leisen Seufzer aus.

„Natürlich. Tessa, bist du so weit?"

Ich sehe an mir herunter. Ja, ich bin tatsächlich so weit. Ich trage eine schwarze Jodhpur-Reithose, einen

Pullover und meine Reitjacke hängt an der Lehne des Barhockers. Meine Schuhe stehen bereits an der Tür.

„Sicher", erwidere ich höflich, aber knapp.

„Spielst du nachher mit mir, Tessa?", fragt mich der kleine Tyler und schaut mich mit seinen unschuldigen, hübschen Augen an.

„Na klar!"

„Viel Spaß", wünscht uns Rose und räumt die Reste des Frühstücks ab.

Ich schlüpfe in meine Reitstiefeletten und ziehe meine Jacke über, bevor ich Derek nach draußen folge. Das Wetter ist gut, die Sonne scheint und es geht kein Lüftchen. Eigentlich ein perfekter Herbsttag, wenn da nicht die Gesellschaft wäre …

„Dann sag mir mal, kannst du überhaupt reiten?"

Sein barscher Tonfall geht mir jetzt schon auf die Nerven.

„Ja, ganz passabel."

Natürlich kann ich reiten, aber ich stapele lieber etwas tief, mit einem so erfahrenen Cowboy wie ihm kann ich sicher nicht mithalten.

„Sollen wir vielleicht mit einem kleinen Ausritt anfangen?"

„Ja, wieso nicht?"

Es kommt mir ein wenig spanisch vor, dass er auf einmal so umgänglich ist und mir gleich einen Ausritt anbietet. Ich hatte eher mit weiteren Beleidigungen gerechnet. Möglicherweise ist er ja gar nicht so schlimm, wie ich bislang dachte.

Er ist wie gestern schwarz angezogen und unrasiert, bemerke ich, als ich ihn genauer betrachte. Derek ist ein ganzes Stück größer als ich, ich muss zu ihm aufsehen, wenn wir nebeneinander hergehen, so wie jetzt.

„Bestimmte Vorlieben?", fragt er mich und kräuselt die Stirn.

„Was Schnelles", gebe ich zurück.

Er wirft mir einen unergründlichen Blick zu, dann zuckt er mit den Schultern.

„Walt, machst du uns Seabiscuit und Diomed fertig?"

Ein junger Bursche, der nicht älter als Anfang zwanzig sein kann, sieht zu uns herüber und nickt. „Sicher, Sir. Seabiscuit und Diomed?"

„Bist du taub, oder was? Mach schon!", meckert Derek.

Geduld scheint also auch nicht seine Stärke zu sein.

„Natürlich, Sir."

Der Junge läuft los und holt einen Rappen aus einer Box, bindet ihn fest und Derek geht und holt selbst einen Fuchs. Im Handumdrehen sind beide gesattelt und aufgezäumt.

Ich freue mich wie ein kleines Kind, endlich einmal wieder auf den Rücken eines Pferdes steigen zu können. Mir ist bewusst, dass mir später wahrscheinlich der Hintern wehtun wird, aber das ist mir gerade völlig egal.

„Hier." Derek drückt mir die Zügel des Fuchses in die Hand. „Das ist Diomed, macht euch bekannt, und dann geht's los."

Der Stallbursche beäugt mich, als wäre ich ein Alien.

„Hast du nichts weiter zu tun, Walt?"

„Doch, Sir, bin unterwegs." Sofort verschwindet er wieder in der Box und fährt mit seiner Arbeit fort.

Ich streiche Diomed über die Nase, er tänzelt leicht zurück. „Sch. Schon gut, alles okay", flüstere ich ihm zu. Vermutlich spürt er, dass ich aufgeregt bin. Ich muss Ruhe ausstrahlen, dann wird auch der Hengst ruhig. Diese Tiere merken instinktiv, ob sie sich auf ihren Reiter verlassen können oder nicht. Es ist eine gute Übung für mich, vor allem in Dereks Gegenwart, der mich wahnsinnig macht mit seinem Starren und gleichzeitigem Schweigen.

„Bist du so weit?", fragt er mich und schwingt sich in den Sattel. „Oder brauchst du Hilfe beim Aufsteigen?"

Das ist ja wohl eine rhetorische Frage, Blödmann!

„Nein, ich dachte nur, wir führen die Pferde nach draußen, bevor ich aufsteige. Ich wollte noch ein Foto für Instagram machen."

Schnell hole ich mein Handy aus der Jacke und mache mit mir und Diomed ein Selfie.

„Mädchen! Steig endlich auf." Er lacht kurz auf, rau und dunkel, und auf meinem Körper breitet sich eine Gänsehaut aus.

So ein Arschloch. Empört lege ich die Zügel zurecht und schwinge mich gekonnt in den Sattel. Wenn der Idiot glaubt, dass er es mit einer Anfängerin zu tun hat, hat er sich geschnitten. Diomed tänzelt, aber nachdem ich die Zügel aufgenommen habe, steht er still. Gutes Tier! Davon könnte sich sein Besitzer mal eine Scheibe abschneiden. Mistkerl.

„Können wir dann?", frage ich Derek provozierend.

Er grinst diabolisch, tippt sich an den Hut und gibt seinem Pferd die Sporen. Er galoppiert aus dem Stall und ich folge ihm – allerdings im Schritt. Nach ein paar Metern verlangsamt er das Tempo, beinahe so, als ob er sich besonnen hätte, und ich schließe zu ihm auf.

Wir reiten eine Weile schweigend nebeneinander her, jetzt in einem leichten Trab, den er aussitzt, ich jedoch englisch, das heißt, dass ich mit jedem zweiten Schritt des Pferdes meinen Hintern aus dem Sattel hebe.

Derek wirft mir einen spöttischen Seitenblick zu. „Das sieht jeder Mann gerne." Er lacht und ich weiß, was er meint. Mein rhythmisches Auf und Ab im Sattel findet er komisch und macht sich mit dieser sexuellen Anspielung lustig über mich …

„Ernsthaft?" Mein Tonfall ist genervt. Der Typ ist ja schlimmer zu ertragen, als ich dachte.

„O ja, Süße."

Ich verdrehe die Augen und bin einen Moment unachtsam. Diomed spürt es und nutzt es sofort aus, um einen nervösen Sprung zur Seite zu machen. Ich erschrecke mich, reagiere aber prompt und greife die Zügel fester. Per Schenkeldruck gebe ich ihm zu verstehen, dass ich hier der Boss bin.

Derek, die kleine Mistkröte, hat mir garantiert mit Absicht so einen nervenschwachen Wallach gegeben, um mich auflaufen zu lassen. Das wird er noch bereuen.

„Na, wie läuft's?", fragt er mich seelenruhig. „Schön hier, nicht? Das gehört alles mit zur Ranch."

„Kann es sein, dass du was gegen mich hast?"

Ich bin ja ein Freund davon, offen auszusprechen, wenn mich was stört.

Er atmet hörbar aus.

„Oder hasst du Frauen generell?"

„Wüsste nicht, was dich das angeht."

„Ach, sind wir wieder bei dem Thema? Was Neueres hast du nicht auf Lager?"

„Pf." Er drückt seinem Pferd die Sporen in die Seite und umgeht somit eine Antwort.

Männer! Ich könnte ihn umbringen.

Wieder macht Diomed Mucken und widersetzt sich mir. Aber das lasse ich mir nicht bieten, dem Vieh zeige ich es. Ich beharre auf meinen Kommandos, drücke meine Schenkel fester und gebe eine Parade. Endlich knickt er im Genick ab, lehnt sich an die Zügel und nicht weiter darauf.

Es geht doch!

Ich lasse Diomed in einen leichten Galopp fallen und schließe so zu Derek auf, der zwar nichts kommentiert, mich jedoch erstaunt ansieht. Ich sage ebenfalls nichts. Alles, was mir auf den Lippen liegt, würde unser Verhältnis nicht gerade verbessern.

So reiten wir eine ganze Weile schweigend und meine Muskeln werden langsam müde. Nachdem ich mit Diomed weitere stille Kämpfe ausgefochten habe, bin ich mir nun endgültig sicher, dass der Hengst kapiert hat, wer hier das Kommando hat.

Was man nicht von allen Kerlen auf diesem Ausritt behaupten kann. Mir wird es zu bunt mit Derek und ab sofort werde ich einen härteren Ton anschlagen. Scheiß auf die Zurückhaltung!

„Ich denke, wir haben jetzt lange genug Kindergeburtstag gefeiert, nicht, Derek?"

„Was?" Sein irritierter Blick ist köstlich, ich verkneife mir einen Kommentar dazu.

„Lass uns doch mal sehen, wer schneller ist. Bis zum Mammutbaum da vorne auf der Lichtung", schreie ich zu ihm hinüber und haue Diomed meine Hacken in die Flanken. Er reagiert direkt, auch weil ich meine Sitzhaltung verändere.

Ich muss gestehen, das Pferd ist spitzenmäßig ausgebildet, bis auf seinen Dickschädel.

Zum Glück ist meiner größer. Diomed und ich verstehen uns einstweilen wunderbar – und Derek, der kann mich mal.

Ich höre einen derben Fluch hinter mir, was mich noch mehr anspornt. Es ist mir klar, dass er mir auf den Fersen ist, aber ich gebe nicht auf. Unermüdlich treibe ich den Hengst an, obwohl meine Muskeln mittlerweile brennen wie Feuer. Ich will gewinnen. Unbedingt.

Und tatsächlich, wir erreichen das Ziel als Erste. Grinsend lasse ich Diomed ein Stück traben, bevor wir stehen bleiben.

„Oh! Derek. Du bist auch schon da", mache ich mich über ihn lustig, als ich an einem kleinen Flusslauf abspringe und Diomed trinken lasse.

Sein Pferd hat Schaum vor dem Mund und atmet schnell. Sein Reiter ebenso.

Derek schäumt allerdings vor Wut und nicht wegen der Anstrengung.

Ich grinse triumphierend, sage aber nichts weiter. Mir ist bewusst, dass er total überrascht ist, dass ich eine so gute Reiterin bin. Das hätte er von einem Topmodel nicht erwartet.

Sein Pech, wenn er mich unterschätzt.

Es freut mich tierisch, dass ich ihm zeigen konnte, nicht in die Schublade zu passen, die er für mich ausgesucht hat. Eine leere, hübsche Hülle, die man von oben herab wie einen Idioten behandeln kann, soll er sich woanders suchen.

Auf der anderen Seite des kleinen Flusses reitet Bill mit einem Fuchs und zwei Rappen an der Hand und winkt zu uns herüber. „Tolles Rennen, Leute!"

Wie großartig, es gab auch noch Zeugen. Ich kann meine Freude nicht verbergen und winke zurück.

Dereks Pferd trinkt. Er selbst reißt sich den schwarzen Stetson vom Kopf und flucht leise. Dass er sich ärgert, ist nicht zu übersehen und macht mich nur noch zufriedener.

Ich bin mir sicher, Bill wird meinen Sieg laut und deutlich im Stall verkünden, was meinem Triumph noch mehr Gewicht verleiht. Beinahe hätte ich meine Faust in die Luft gereckt, aber das wäre des Guten dann doch zu viel.

Derek hat es buchstäblich die Sprache verschlagen. Irgendwann steigt er wortlos in den Sattel und starrt mich mit gerunzelter Stirn an.

„Ja, danke der Nachfrage, ich bin bereit", murre ich und schwinge mich hoch.

Shit, mir tut jetzt schon alles weh, aber das werde ich dem ungehobelten Klotz neben mir ganz sicher nicht mitteilen.

„Ab sofort keine Rennen mehr", warnt er mich.

„Ha ha. Du hast Angst!"

„Das hättest du wohl gerne. Ein Verletzter heute reicht mir. Du hattest eben nur Glück", stellt er trocken fest und mir bleibt die Spucke weg.

Das kann nicht sein Ernst sein!

„Mein Gott, was für ein Chauvinist du bist."

„Was auch immer." Er zuckt mit den Schultern und reitet los.

5

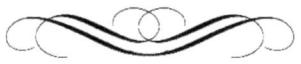

VOR DEM ABENDESSEN habe ich ein langes Bad genommen, aber auch das wird nicht verhindern, dass ich morgen starke Schmerzen haben werde. Das war mir der Spaß jedoch wert. Ein Grinsen kann ich auch jetzt nicht unterdrücken, wenn ich an Dereks Ausdruck nach meinem Sieg denke.

Großartig. Ich bin ich satt und müde und freue mich einfach nur auf mein Bett. Das deftige Dinner hat sicher auch seinen Teil dazu beigetragen, dass ich meine Augen kaum mehr aufhalten kann. Ich mache noch ein Selfie mit meinem Kopf auf dem Kissen und lade es mit den Hashtags #müde, #ausgepowert und #gutenacht #Kansas hoch. Dann stemme ich mich noch einmal stöhnend aus den Federn und verziehe mein Gesicht.

Mir tut jetzt schon alles weh, ich mag mir gar nicht vorstellen, wie schlimm es noch werden wird. Mühsam humpele ich die Treppe hinunter in die Küche.

Dort ist bereits alles blitzblank. Ich bin beeindruckt, wie flink Rose den Abwasch erledigt hat. Obwohl ich von Berufs wegen auf eine gesunde Ernährung achten muss, hält sich mein Interesse fürs Kochen jedoch in Grenzen.

Nach dem Ausritt hat Derek mir einige der Jungpferde gezeigt, für die sich mein Dad interessiert. Nach einem Anruf von meinem Vater weiß ich, dass er seine Reise organisiert hat, was heißt, dass ich mich nicht mehr lange alleine mit Derek herumschlagen muss.

Cody ist unterdessen wieder aus Topeka zurück. Sein Arm hängt wegen einer gerissenen Sehne nutzlos in einer Schlinge. Er muss unters Messer und das schon in zwei Tagen.

Aus dem Kühlschrank greife ich mir eine Flasche Mineralwasser und will wieder nach oben gehen, als ich bemerke, dass im Wohnzimmer Licht brennt. Vielleicht sitzt Rose dort, dann könnten wir noch ein wenig plaudern. Ich mag sie, sie hat so eine herzliche und ungekünstelte Art. Auch wenn ich ständig unterwegs bin, so bleibe ich doch ein Familienmensch und ziehe Gesellschaft dem Alleinsein vor.

Als ich um die Ecke komme, erstarre ich für einen Moment bei dem sich mir bietenden Anblick. Derek sitzt in einem der beiden sehr bequem aussehenden Sessel und im Kamin vor ihm prasselt ein Feuer. Was mich am meisten erstaunt, ist, dass er ein Buch auf dem Schoß liegen hat. Ich hätte vermutet, dass er so ein Typ ist, der sich irgendwelche Computerspiele reinzieht oder billige Pornos. Na ja, das kann er ja danach noch machen …

„Was ist?", brummt er in die Stille, schaut aber nicht auf.

Wie ist das möglich, hat er Augen im Hinterkopf?

Ich gehe einige Schritte zu ihm hinüber, setze mich in den zweiten Sessel und strecke meine Beine aus.

Gott sei Dank kann ich ein gequältes Stöhnen gerade noch unterdrücken.

Sein Haar ist noch feucht. Vermutlich hat er es nach dem Abendessen doch noch geschafft zu duschen und es hängt ihm wie üblich im Gesicht. Er trägt eine ausgewaschene Jeans und ein dunkles Shirt. Seine Unterarme sind gebräunt und sehnig, während seine schlanken Finger die eines Pianisten sein könnten. An seinen Händen würde man nie erkennen, dass er einen körperlich anspruchsvollen Job hat – an seinen Schultern schon.

„Bist du eigentlich älter oder jünger als Cody?", sprudelt es aus mir hervor.

Endlich lässt er das Buch sinken und sieht zu mir auf.

Ein Wunder, dass er mich überhaupt beachtet, denke ich verärgert. Ich komme absolut nicht damit klar, dass er so unfreundlich und abweisend zu mir ist.

Ja, mein Ego ist angekratzt. Normalerweise stehe ich im Mittelpunkt und mag das auch.

„Warum interessiert es dich?"

„Musst du alles mit einer Gegenfrage beantworten?"

Er hebt eine Braue und fixiert mich mit seinen graublauen Augen.

Ich habe keine Ahnung, was er denkt, und das verunsichert mich. Ich zupfe einen Fussel von meiner Hose und schaue dann wieder zu ihm hoch. Sein Blick ruht nach wie vor auf mir und mein Herzschlag beschleunigt sich ungewollt.

„Ich bin zwei Jahre älter."

„Ich hatte schon vermutet, dass du der Ältere bist. Cody reist um die Welt und du bist mehr für die Zucht und Ausbildung der Pferde zuständig?"

Ich lehne mich im Stuhl zurück und falte meine Hände, weil ich nicht weiß, was ich sonst damit anfangen soll.

„Was soll das, Tessa?"

„Wie bitte?"

„Was soll die Fragerei?"

Ich ziehe die Brauen zusammen. „Ich wollte ein bisschen Smalltalk betreiben, dir Gesellschaft leisten ..."

„Ich habe dich nicht darum gebeten."

Seine schroffe Art setzt mir zu. Ich muss mich wohl verhört haben. Eine Chance bekommt er noch, dann gebe ich auf.

„Okay, also, was schmökerst du da?", frage ich nach einigen Sekunden des Schweigens, in denen er mich nur mit einem unergründlichen Gesichtsausdruck beäugt hat.

„Ist es denn so ungewöhnlich, dass ein Cowboy ein Buch liest?"

Die Färbung seines Tonfalls ist bestenfalls als genervt zu bezeichnen. Er richtet sich im Stuhl auf, was ihn noch größer und athletischer auf mich wirken lässt. „Oder was, Tessa? Willst du ein Bild meiner Lektüre auf Instagram posten? Hast du heute noch nicht genug dämlichen Mist in die Welt getragen, um dich selbst zu inszenieren?"

Das reicht. So was muss ich mir nicht bieten lassen. Von niemandem.

So elegant es mir mit meinen müden Muskeln möglich ist, erhebe ich mich aus dem Sessel und streiche mit meinen Händen über meine Oberschenkel, ehe ich ihn ein letztes Mal ansehe.

„Ich habe keine Ahnung, warum du so angepisst von mir bist, aber ab jetzt – da kannst du dir sicher sein – werde ich nicht mehr versuchen dich mit meinem blöden Smalltalk zu belästigen. Ich bin hier, weil Cody uns eingeladen hat und weil mein Vater sich gewünscht hat, dass ich ihn beim Pferdekauf unterstütze. Wenn dir das alles nicht passt, dann tut es mir leid. Gute Nacht!"

Wütend stapfe ich davon. Ich bin so sauer, dass ich den brennenden Schmerz in meinen Schenkeln beinahe vergesse, als ich die Treppe nach oben renne. Erst in meinem Zimmer fällt mir auf, dass nicht an die Wasserflasche gedacht habe.

„Verdammte Scheiße", fluche ich und schmeiße ein Kissen an die Wand.

Noch mal werde ich nicht runtergehen, dann verdurste ich lieber. Ich weiß nicht, was es ist, was ihn so an mir stört. Ab sofort werde ich mich jedoch nicht mehr von ihm irritieren lassen.

Und was soll der Mist überhaupt von wegen Instagram? Hat er etwa meine Postings gecheckt?

Meine Mundwinkel biegen sich nach oben.

Ja, sicher. Er muss sich meinen Account angesehen haben, sonst wüsste er nicht, dass ich heute schon mehrfach was hochgeladen habe. Das eine Mal im Stall hat er mitbekommen, aber alle anderen Bilder?

Interessant.

Ein energisches Klopfen lässt mich aufschrecken. Ich stakse zur Tür und öffne sie – und blicke geradewegs in ein Paar graublauer Augen, die mich aus einem markanten Gesicht anblicken.

„Hier, die hast du vergessen." Seine Stimme klingt so dunkel und rau wie immer, jedoch nicht mehr ganz so abweisend.

„Danke", gebe ich einsilbig zurück. Ich bin nach wie vor sauer, dass der Mistkerl mich so respektlos behandelt hat.

„Es ... tut mir leid."

Ich runzele die Stirn und recke meinen Kopf ein wenig nach vorne.

„Wie bitte? Sag das noch mal!"

Derek presst seine Lippen aufeinander und seine Nasenflügel blähen sich ein bisschen auf.

„Übertreib es nicht, Tessa", warnt er mich und kommt ein Stück näher.

Er ist mir so nah, dass uns nur noch wenige Zentimeter voneinander trennen. Ich kann seinen süßlichen Atem spüren und mir wird ganz heiß.

Ich will mir Luft zufächeln, aber ich kann mich nicht rühren.

„Natürlich bist du willkommen, ich werde mich ab jetzt zurückhalten", höre ich. Dann wendet er sich abrupt ab und stapft davon.

„Was zur Hölle...?"

Ich bin ratlos. Überrascht. Und verwirrt. Ja, das trifft es am ehesten.

Derek verschwindet am Ende des Flurs in seinem Bereich, der, wie mir Rose gestern beim Frühstück erzählt hat, mehrere Räume umfasst.

„Gott", seufze ich und knalle die Tür hinter mir ins Schloss. „Verstehe einer die Kerle. Da sagt man immer, Frauen wären kompliziert!"

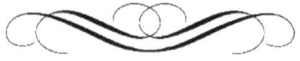

„OHHHH", stöhne ich langgezogen, als ich am nächsten Morgen aufstehe. Mein Muskelkater ist schlimmer, als ich befürchtet hatte.

Nach einem ausgiebigen Bad geht es einigermaßen und ich komme deshalb erst gegen zehn in die Küche. Rose ist dabei, einen Truthahn zu stopfen, und Tyler spielt mit seinen Rennautos auf einem Teppich. Daneben steht ein Flugzeug und Geschenkpapier liegt verstreut darum herum.

„Guten Morgen", grüße ich. Tyler springt auf und rennt auf mich zu.

„Tessa, Tessa, spielst du mit mir?"

„Guten Morgen, Darling", erwidert Rose lächelnd, während sie dem Vogel eine Füllung verpasst und ihre Hand regelmäßig darin verschwindet.

Ich finde rohes Fleisch irgendwie eklig, es fasziniert mich trotzdem, sie dabei zu beobachten. „Alles Gute zum Geburtstag, Tyler! Und, ja, ich spiele gleich mit dir, ich trinke nur eben einen Kaffee, okay?"

„Aber nicht zu lange!", protestiert er. Ich muss schmunzeln. Die Ungeduld hat er wohl auch vom Vater.

„Keine Sorge. Wie ich sehe, hast du ja schon einige Geschenke bekommen."

„Nix da, Tyler. Tessa wird ordentlich frühstücken und dann schauen wir weiter. Was kann ich dir machen? Rührei mit Speck oder Pancakes?", wendet sie sich an mich.

Ich habe das Gefühl, dass ich das Abendessen erst halb verdaut habe, und wäre mit einem leichten Snack zufrieden.

„Lass nur, eine Scheibe Toast oder etwas Obst wäre super. Am wichtigsten ist Kaffee." Ich setze mich auf einen Barhocker, allerdings nicht so geschmeidig wie sonst.

Das entgeht Rose natürlich nicht. Sie wirft mir einen wissenden Blick zu und ihre Augen blitzen amüsiert, während sie ihre Nase an ihrem Ärmel reibt, weil ihre Hände schmutzig sind. „Wie geht's uns denn heute?"

„Uns geht es gut, danke", gebe ich lachend zurück.

„Du hast nicht etwa Muskelkater?"

„Ich? Wo denkst du hin?" Ich schüttele den Kopf und verziehe mein Gesicht.

„Weißt du, Tessa, ich mag dich. Als ich gestern die Geschichte gehört habe, wie du Derek abgehängt hast, da konnte ich mir bildlich vorstellen, wie genervt der Junge war. Das ist ihm noch nie passiert. Und dann muss er sich auch noch von einer Frau besiegen lassen!"

Ich finde es irgendwie süß, dass sie Derek als Jungen bezeichnet. Er überragt sie mindestens um Haupteslänge und ist garantiert über dreißig.

„Noch nie? Dann hätte er mir nicht euer schnellstes Pferd geben dürfen", kichere ich.

„Noch nie. Und dass er dir Diomed gegeben hat, ist die Höhe! Diomed ist schnell, ja, aber er hat echt Pfeffer unter dem Arsch. Kaum einer kann mit ihm umgehen."

„Vielleicht hat Derek ja einfach die Lage gut eingeschätzt und ihn richtig für mich ausgewählt", versuche ich eine Erklärung zu finden, obwohl ich genau weiß, dass er was ganz anderes im Sinn hatte.

„Vielleicht hat Derek es absichtlich gemacht", höre ich seine raue Stimme, die einen amüsierten Unterton angenommen hat, hinter mir.

Rose wirft ihrem Sohn einen finsteren Blick zu und wäscht sich die Hände, nachdem endlich die ganze Füllung im Truthahn verschwunden ist.

Derek nimmt sich eine Tasse aus dem Schrank und gießt sich Kaffee ein, während ich ihn schweigend beobachte.

„Was habe ich nur falsch gemacht?", jammert Rose in meine Richtung. Ihr Tonfall wird energischer, als sie sich an Derek wendet. „Wirst du wohl so höflich sein und Tessa auch einen anbieten?"

Er atmet hörbar aus und sieht mich zum ersten Mal an diesem Tag an. Er wirkt halbwegs zerknirscht. Wohl kaum nur deshalb, weil er mir nichts angeboten hat. Offenbar ist ihm doch zu Herzen gegangen, was ich ihm gestern an den Kopf geworfen habe.

„Kaffee?", fragt er mich und streckt mir seine Tasse entgegen.

„O ja. Gerne", gebe ich lächelnd zurück. Er reicht sie mir über den Tresen und unsere Finger berühren sich. Ich zucke zusammen, als hätte ich mich an ihm verbrannt.

Schockiert reiße ich ihm die Tasse aus der Hand. Um ein Haar hätte ich die Hälfte davon verschüttet.

Als ich aufblicke, sehe ich, dass er seine Augen ebenso weit aufgerissen hat wie ich wahrscheinlich auch.

Rose lässt ihre Augen von mir zu Derek wandern und stellt dann den Wasserhahn ab und dreht uns den Rücken zu.

„Tessa, Tessa", unterbricht Tyler die Stille. „Spielst du jetzt mit mir?" Der Junge steht neben mir und fährt mit einem kleinen Rennauto auf meinem Oberschenkel rauf und runter.

„Ja, sofort. Ich habe ein bisschen Zeit." Derek lächelt seinen Sohn liebevoll an, aber dieser schüttelt den Kopf so vehement, dass sein viel zu langer Pony fliegt. „Nehein. Ich will, dass sie mit mir spielt."

Dereks Kiefer klappt nach unten. Ich schnappe meinen Kaffee und lasse mich von Tyler zu seinen Präsenten bringen.

„Das alles hast du heute bekommen?", lenke ich ab und setze mich im Schneidersitz zu ihm auf den Boden.

„Ja, toll, nicht?" Der Kleine strahlt über das ganze Gesicht und saust mit seinen Autos um mich herum. Ich sehe im Augenwinkel, dass Rose etwas mit Derek bespricht, was er anscheinend nicht hören will. Er schaut noch einmal zu uns und stürzt dann mit seiner Kaffeetasse in die Kälte des Oktobermorgens.

„Ich krieg' bestimmt noch ein Geschenk von meiner Mom. Das hat Daddy mir jedenfalls gesagt. Sie will was schicken."

„Mit der Post? Lebt sie denn weit weg?"

„Zu weit zum Laufen. Sie wohnt in Los Angeles und ist mit einem berühmten Schauspieler verheiratet. Kennst du den Mann, der in diesem Film mitspielt, wo es die bösen Aliens gibt und so?"

„Oh! Kalifornien ist ja wirklich nicht um die Ecke. Nein, leider kenne ich den Film mit den Aliens nicht."

O Gott. Es zerreißt mir das Herz. Seine Mutter kommt ihren Jungen nicht einmal zum Geburtstag besuchen?

„Siehst du deine Mom denn ab und zu?"

„Nein, eigentlich nicht. Daddy hat das … Dings, also dass er alles entscheiden darf. Keine Ahnung, wie das heißt."

„Sorgerecht?"

„Jaaa, genau. Ich habe ein Bild von ihr. Möchtest du es sehen?" Seine Augen leuchten auf.

„Ja, natürlich. Zeig mir das Foto von deiner Mom."

„Bin gleich wieder da", jauchzt er und rennt davon. Ich schaue ihm nach und spüre, wie eng meine Kehle geworden ist. Nie werde ich diese Frauen verstehen, die ihre Familie im Stich lassen. Man kann sich ja von einem Mann trennen, aber doch nicht von seinen Kindern!

„Schlimm, nicht?" Rose' Stimme unterbricht meine Gedanken.

„Wie bitte?"

„Ich meine die Mutter von Tyler. Direkt nach der Geburt drückt sie Derek das Baby in die Hand und teilt ihm eiskalt mit, dass sie jemand anderen kennengelernt hat. Sie hat nicht mal versucht sich das Sorgerecht mit Derek zu teilen. Der Arme war total überfordert, ist er stellenweise immer noch."

Das lässt Derek in einem anderen Licht erscheinen. Fast macht es ihn sympathisch, dass er sein Kind ganz alleine großzieht und nicht vor der Verantwortung flieht … Da gibt es ganz andere Kerle …

„Ist er deswegen manchmal so …"

„Schroff? Ungehobelt? Ja, sag es ruhig. Logisch! Er vertraut keiner Frau mehr, schon gar keiner, die so hübsch ist wie du."

Sie lächelt mich wissend an. Ja, ich habe es auch gespürt.

Körperlich fühle ich mich zu Derek hingezogen, aber menschlich? Nein, da ist nichts. Er ist attraktiv und äußerst männlich – und ein Arsch.

Ich kann außerdem nichts dafür, dass er sitzen gelassen wurde. Hinzu kommt, dass ich gar nichts von ihm will. So weit käme es noch.

„Ja, er ist bisweilen durchaus … kurz angebunden."

Rose' helles Lachen erfüllt den Raum. „Tessa, du bist bezaubernd."

Ich blicke verlegen zu Boden. „Und Tyler, wie kommt er damit klar?"

„Er kennt sie ja nicht. Für ihn ist sie wie ein Mythos. Natürlich reden wir nicht schlecht von seiner Mutter, eigentlich sprechen wir gar nicht über sie. Nur, je älter er wird, desto öfter fragt er nach ihr. Andere Kinder haben Mamas und bei uns gibt es nur die Grandma."

„Ja, das kenne ich."

„Sind deine Eltern auch getrennt?"

Tja, was soll ich darauf antworten? Es ist nicht gerade ein Thema, über das sich leicht plaudern lässt.

„Meine Mutter ist … gestorben, als ich noch ganz klein war. Mein Dad hat uns quasi alleine großgezogen, gemeinsam mit meiner Granny."

„Ach, Liebes. Das tut mir leid. Ich wollte nicht …"

Rose kommt auf mich zu, aber ich wehre sie ab. Ich will das Drama meines Lebens nicht vor ihr ausbreiten.

„Schon in Ordnung, ich hatte ja meine vier Schwestern. Aber Tyler ist ganz alleine. Das ist sicher manchmal schwer."

„Ja, der Kleine bräuchte mehr Gleichaltrige um sich. Unsere Mitarbeiter haben zwar meist Familie, aber die wohnen im Dorf. Wenn er erst mal in die Schule kommt, wird es leichter."

Tyler kehrt mit tränenüberströmtem Gesicht zurück: „Ich finde es nicht. Mein Foto ist weg. Es ist nirgendwo."

„Schätzchen", tröstet ihn seine Oma. „Hast du auch wirklich überall nachgesehen?"

„Ja, es ist weg. Es ist weg!" Rose wirft mir einen entschuldigenden Blick zu, als sie Tyler hochhebt. „Komm, wir suchen zusammen. Du kommst einen Moment klar, Tessa?"

„Ja, natürlich. Ich mache einen Spaziergang."

6

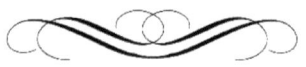

EISIGER WIND schlägt mir entgegen, als ich das Haus verlasse. Es ist deutlich kühler als gestern. Der Himmel ist grau und bedeckt. Ich schlage den Kragen meiner Jacke nach oben, als ich mich auf den Weg zu den Stallungen mache. Ich möchte mir die Pferde noch einmal ansehen, obwohl ich schon ahne, welche zwei Junghengste meinem Dad gefallen könnten.

„Guten Morgen, Lady", ruft Bill mir zu, der einen prächtigen Rappen am Zügel aus dem Stall führt. „Wie geht's? Direkt aus der Box reitet bei uns nur der Boss", erklärt er mir augenzwinkernd. „Wir steigen draußen auf."

„Aha, mir geht's sehr gut, und selbst?", erwidere ich.

„Bestens. Soll ja schlechtes Wetter kommen, da muss man die Stunden bis dahin noch ausnutzen. Derek ist im Hengsthaus, falls Sie ihn suchen."

Bill schwingt sich in den Sattel, trabt an und tippt sich zum Gruß an den Hut.

Schlechtes Wetter. Ich habe keine Ahnung, wie man das in Kansas definiert, aber ja, mir ist kalt. Unwillkürlich steuere ich das Hengsthaus an, auch wenn mir nicht klar ist, wieso. Derek steht breitbeinig in der Boxengasse und redet mit dem jungen Mann, der uns gestern beim Satteln geholfen hat. Walt, glaube ich, hieß er. Dieser sieht mich zuerst, grinst breit und nickt mir zu, bevor er ins Stroh, das auf dem Boden liegt, ausspuckt.

Wah. Manieren haben diese Cowboys. Eklig.

Als Derek mich erblickt, kneift er die Augen zusammen. Er fragt sich sicher, was ich schon wieder hier zu suchen habe. Dass er sich nicht freut, mich zu sehen, ist offenkundig.

„Wollte mir die Pferde noch mal anschauen, wenn es erlaubt ist? Du musst sie nicht aus der Box holen, ich komme zurecht." Er soll sich bloß nicht genötigt fühlen, sich um mich zu kümmern. Ich habe es kapiert, mich muss nicht jeder mögen und er schon gar nicht.

„Kein Problem. Walt, du hast verstanden, was ich von dir will?"

„Ja, Sir." Derek lässt Walt stehen und spricht mich an. „Komm mit."

Er geht zur ersten Box, öffnet sie und streift dem Junghengst ein Halfter über.

„Du musst dir keine Umstände machen, du hast ja sicher zu tun", protestiere ich lahm und vergrabe meine Hände in den Hosentaschen.

Dereks Blick trifft auf meinen und mein Magen macht eine nervöse Umdrehung, wie bei einem Looping.

Was ist nur mit mir los, dass ich so merkwürdig auf ihn reagiere? Ich bin doch sonst nicht so. Schnell wende ich mich dem Pferd zu und streichele es zwischen den Augen.

„Ja, du bist ein Schöner." Das aufmerksame Tier beobachtet mich. Er wirkt ruhig und absolut souverän, ist für sein Alter gut bemuskelt und steht sicher da.

„Er hat dieselben Eltern wie Hyperion, ist nur etwas jünger", informiert mich Derek. Seine raue Stimme hat diese besondere Färbung, die mir heiß und kalt werden lässt.

„Wunderschön", flüstere ich ehrfürchtig.

„Seit wann reitest du?", will er wissen und ich erschrecke mich so über die Frage, dass ich einen Schritt zurücktrete. Der junge Schimmel hebt den Kopf irritiert, weil meine Hand plötzlich weg ist.

„Ich?"

„Ja, ist sonst noch jemand da?"

Ohne diese pampige Rückfrage hätte ich wirklich denken können, dass Derek über Nacht eine Gehirnwäsche verpasst bekommen hat. Da ist er ja wieder, der alte Muffel.

„O Mann", seufze ich. „Ich habe eine klassische Reitausbildung genossen und als Kind bin ich sehr viel geritten, aber mit dem Job ... na ja, du weißt ja, wie es ist." Ich sehe zu ihm auf und er blinzelt mich verständnislos an. „Nein, du hast keine Ahnung, wie es ist."

Ich bin auch zu blöd!

Pferde sind Dereks ein und alles, sein Job und seine Leidenschaft. Natürlich weiß er nichts über mein Leben. Mein Alltag sieht so aus, dass ich um die Welt jette und von einem Shooting zum nächsten reise.

„Nein, Tessa. Ich habe nicht den blassesten Schimmer", murmelt er und lässt mich dabei nicht aus den Augen.

Plötzlich wendet er sich ab und räuspert sich. „Ich gehe noch mal ein paar Schritte mit ihm, oder soll ich ihn in den Roundpen bringen und traben lassen, dass du seine Bewegungen besser siehst?"

„Nein, nein, keine Umstände bitte. Es ist sowieso saukalt hier", gebe ich verlegen zurück und trete von einem Fuß auf den anderen. „Wollte nur mal kurz im Stall vorbeischauen."

„Ach, dem Topmodel ist es zu kalt hier?" Seine Stimme hat wieder die alte Schärfe angenommen und er verletzt mich damit mehr, als ich je zugeben würde.

Ich bin nicht so eine Tussi, wie er denkt. Aber warum, zur Hölle, kümmert es mich überhaupt?

„Ja, klar. Ich bin aus Zucker und deswegen verziehe ich mich lieber wieder ins Haus. Vielen Dank für deine Zeit, Derek."

Ich schaue ihn nicht noch einmal an und stapfe davon. Ich fürchte allerdings, dass mein Gang nicht wirklich graziös ist, ich bewege mich mit dem Muskelkater wie auf rohen Eiern.

Es ist mir egal, schließlich bin ich hier nicht auf dem Laufsteg, sondern in einem Pferdehaus in der Pampa – mit einem einzigen störrischen Cowboy als Publikum.

So ein Idiot. Da meint man gerade, dass er doch nicht so ein Miesepeter wäre, und dann beweist er direkt wieder das Gegenteil.

Eisiger Wind schlägt mir ins Gesicht, als ich über den Hof zum Haupthaus stakse, noch schnell ein Foto von mir knipse, bevor ich durch die Tür zur Küche reingehe. Es kommt mir vor, als hätte es noch mal um einige Grad abgekühlt.

„Brrr. Frostig. Bei den Temperaturen schickt man ja keinen Hund vor die Tür", sage ich zähneklappernd zu Rose, als ich aus den Stiefeln schlüpfe und sie auf den Fußabtreter daneben abstelle.

„Ja, und es soll noch schlimmer werden. Ich bereite schon mal das Essen vor."

„Wo ist Tyler?"

„Jody aus der Buchhaltung hat ihren Kleinen heute dabei, sie spielen drüben zusammen."

„Das ist ja schön. Kann ich dir irgendwie behilflich sein?"

„Nein, bitte. Du bist unser Gast. Setz dich ins Wohnzimmer, lies ein Buch oder leiste mir Gesellschaft, aber helfen ... das kommt nicht infrage."

„Okay, okay." Ich hebe abwehrend die Hände. „Dann werde ich ein paar Telefonate erledigen, es gibt ja immer was zu tun." Tatsächlich hat sich ein Termin auf November verschoben, zu dem ich im Anschluss an diese Reise fliegen wollte. Jetzt muss nur noch mein Flug umgebucht werden und das werde ich gleich mit Emma besprechen.

„Ja, du lebst in einer ganz anderen Welt als wir hier."

Das ist eine maßlose Untertreibung.

„Das kann man so sagen, ... aber ich finde, beide Seiten haben durchaus was."

Es stimmt, je länger ich hier bin, desto mehr stelle ich fest, dass dieses Landleben zweifellos auch positive Aspekte zu bieten hat. Die Pferde spielen dabei natürlich eine große Rolle.

Wenngleich mir alles wehtut, den Ausritt habe ich doch wahnsinnig genossen.

„Ja?" Sie beäugt mich zweifelnd.

„Äh. Ja! Ihr habt es so schön hier, die Landschaft ist der Hammer."

„Gut", sie grinst und fängt an Äpfel zu schneiden. „Du magst doch Apfelkuchen?"

„Wer mag keinen Apfelkuchen?" Ich lache und schlurfe aus der Küche.

Auf dem Weg nach oben kommt mir Cody entgegen. Er ist nicht mehr ganz so blass wie gestern, aber man sieht, dass er Schmerzen hat.

„Hey, Tessa. Ich wollte mich noch einmal bei dir entschuldigen, dass alles drunter und drüber geht. So hatte ich das nicht geplant."

„Bitte, du kannst ja nichts dafür."

Du kannst nichts dafür, dass dein Bruder ein Idiot ist, füge ich im Stillen hinzu.

„Ich habe mit Derek geredet, er freut sich auf deinen Dad, und er wird auch … freundlicher zu dir sein."

Ich blicke Cody mit gekräuselter Stirn an. Seine Augen funkeln amüsiert, als er meine Reaktion bemerkt.

„Ich weiß, dass mein Bruder manchmal ein richtiger Arsch sein kann, aber er meint es nicht so. Harte Schale, weicher Kern."

Da ich keine Ahnung habe, was ich darauf antworten soll, zucke ich lediglich mit den Schultern. „Es ist in Ordnung, Cody. Ich komme schon mit Derek zurecht."

„Da mache ich mir wiederum überhaupt keine Sorgen, vor allem nicht, nachdem du ihm gestern demonstriert hast, was du drauf hast." Er grinst verschmitzt.

„Haha. Danke." Ich wachse gleich noch ein paar Zentimeter, wenn ich an meinen Sieg über Derek zurückdenke.

„Ist bei dir sonst alles klar? Brauchst du was? Soll ich dir noch mal die Pferde zeigen?"

„Cody, vielen Dank, du solltest dich ein wenig ausruhen. Wir sehen uns nachher, ja? Ich muss ein bisschen was umorganisieren, das wollte ich eben erledigen."

„Gut, Tessa. Bis später."

Er setzt seinen Weg nach unten fort und ich meinen. Irgendwie habe ich das Gefühl, dass mich nach meinem Rennen mit Derek heute alle in einem anderen Licht sehen. Was haben sie denn gedacht? Dass ich nur ein hohles Modepüppchen bin? Wahrscheinlich ... Tja, denen habe ich es jedenfalls gezeigt. Aber alles hat seinen Preis, wie ich auf den Stufen erneut feststellen muss, ... denn jeder Schritt fordert meine größte Selbstbeherrschung, damit ich nicht laut stöhne. Muskelkater ist gemein. In meinem Zimmer arbeite ich die organisatorischen Dinge ab und poste ein neues Bild von mir auf Instagram.

Wow, ich habe echt eine Menge neue Follower! Coole Sache, die Leute mögen es, mich mal so natürlich und in einem ganz anderen Umfeld zu sehen. Super, das kommt unerwartet, aber ich nehme es gerne mit.

NACH DEM ESSEN sitze ich mit Derek im Wohnzimmer. Tyler turnt in einem Spiderman-Kostüm auf dem Sofa herum. Derek schwenkt ein Glas mit Scotch vor sich. Ich halte mich an einem Weißweinglas fest, während wir die Wettervorhersage verfolgen.

Cody ist nach oben gegangen, seine Tasche fürs Krankenhaus packen und Rose macht den Abwasch. Mit Grauen habe ich sie beim Abendessen über einen möglichen Blizzard sprechen hören. Die Aussichten sind laut CNN tatsächlich bedrohlich. Sie sind sogar so düster, dass Cody und Rose heute Abend bereits nach Topeka fliegen werden. Cody hat morgen einige Voruntersuchungen, bevor er operiert wird, und Rose will eine Freundin besuchen. Das sagt sie zumindest. Ich glaube, dass sie in der Hauptstadt sein will, wenn ihr Sohn in den OP geschoben wird. Tyler hing ihr so lange am Rockzipfel, bis sie ihm erlaubt hat, sie zu begleiten. Es sind ja nur einige Tage und laut Rose benötigt der Junge auch was „Anständiges zum Anziehen", wie sie es nannte. Alle seine Klamotten wären auf einmal zu kurz geworden.

Rose ist eine patente Frau, die selbst gerne die Zügel in der Hand hält, wenn es um ihre Liebsten geht. Ich kann es ihr nicht verübeln. So liebevoll Derek auch mit Tyler umgeht, so wenig kann ich mir vorstellen, dass er ganz alleine für ihn sorgen soll, neben seinem körperlich anspruchsvollen Job mit den Pferden, der ihn den ganzen Tag aus dem Haus treibt. Und jetzt, wo noch Cody ausfällt ... Rose hat recht.

Mich beunruhigt an der Sache nur eines; nämlich, dass ich mit Derek hier alleine sein werde, bis mein Dad eintrifft. Natürlich hätte ich jetzt mit ihnen nach Topeka abreisen können, aber das würde mir mein Vater wirklich übel nehmen. Andererseits, wenn ich den Wetterbericht ansehe, sollte ich vielleicht doch schnell packen, um überhaupt noch von hier wegzukommen. Derek sagt mal wieder gar nichts, er starrt nur grimmig auf den Bildschirm. Vermutlich überlegt er, ob er mich höchstpersönlich mit auf die Reise schicken sollte, damit er hier seine Ruhe hat.

„So, fertig", verkündet Rose. „Ich gehe eben unser Gepäck holen. Tyler, Schatz, willst du so fliegen?"

„Ja-ha", ruft er und springt weiter auf dem Sofa.

„Du gehst wenigstens noch einmal aufs Klo. Komm mit."

„Mom, bist du sicher, dass du ihn mitnehmen willst? Er ist doch gut aufgehoben hier."

Rose hebt eine Augenbraue. „Erinnerst du dich, was das letzte Mal passiert ist?"

Derek atmet hörbar aus, Rose fährt fort. „Tyler hat so viele Süßigkeiten gegessen, bis ihm übel wurde und er dann drei Tage lang gekotzt hat. Außerdem hat er den ganzen Tag ferngesehen, weil du beschäftigt warst. Und nun musst du auch noch Codys Arbeit miterledigen. Nein, mein Lieber. Ich nehme Tyler mit. Es ist gut für ihn, wenn er mal was anderes sieht als die Ranch."

Ich schaue zu Derek und muss ein Lachen unterdrücken. Ihm entgeht es natürlich nicht.

„Es war ein Magen-Darm-Infekt", brummt er und trinkt den Scotch in einem Zug aus. „Tyler, komm mit aufs Klo."

Er nimmt seinen Sohn vom Sofa und trägt ihn aus dem Wohnzimmer. Rose kommt zu mir und setzt sich neben mich. „Kindchen, es tut mir leid, dass alles so drunter und drüber geht. Ich hoffe, du kannst dich hier trotzdem wohlfühlen?"

„Ja, äh, sicher."

„Manchmal macht einem das Wetter einen Strich durch die Rechnung. Ich wünschte, es wäre anders, aber die Schulter muss operiert werden, das kann nicht aufgeschoben werden."

„Das ist doch ganz klar. Mach dir bitte um mich keine Sorgen, Rose. Mein Dad kommt ja auch morgen."

Sie legt den Kopf schräg. „Da wäre ich mir nicht so sicher, ich kann mir vorstellen, dass sie einige Flüge streichen, wenn nicht sogar alle."

„Wegen ein bisschen Schnee?", frage ich ungläubig.

„Tessa, Darling, wir reden hier nicht von ein bisschen Schnee. Wir sprechen über einen Blizzard. Aber, hey, vielleicht bleiben wir ja verschont. Hoffen wir es." Sie drückt mich kurz an sich. „In zwei Tagen bin ich wieder da, also bis bald. Lass dich von Derek nicht ärgern!"

„Warum sagen das bloß alle zu mir?", witzele ich.

Eine Stunde später sitze ich mit einem Glas Wein im Wohnzimmer und zappe durch das Fernsehprogramm. Das riesengroße Sofa ist äußerst bequem und ich genieße es, meine malträtierten Muskeln auszustrecken. Innerlich bin ich angespannt, das muss ich zugeben. Ich habe keine Ahnung, wie es mit Derek werden wird, aber im Notfall ... Ach was, Notfall. Es wird kein Problem geben, und morgen Abend kommt ja auch mein Dad.

7

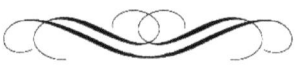

Ich habe wie ein Stein geschlafen. Als ich mich vorsichtig im Bett rühre, merke ich, dass der Muskelkater nicht mehr ganz so schlimm ist wie gestern. Trotzdem bin ich noch ein wenig steif, als ich aufstehe. Ich stakse zum Fenster und schaue hinaus, kann jedoch nicht viel sehen. Alles ist weiß.

Das ist ja total krass.

Natürlich habe ich schon mal Schnee gesehen, aber nicht so!

Okay, keine Panik.

Ich werde erst mal Dad anrufen. Eigentlich sollte er im Flieger sitzen. Wenn die Mailbox anspringt, weiß ich, dass er auf dem Weg ist.

„Hallo Tessa", höre ich ihn nach dem dritten Klingeln.

Shit.

„Dad? Wo bist du?" Mir ist auch so klar, dass er nicht wie geplant in der Luft ist. Wundervoll, meine Laune sinkt schlagartig unter null.

„In Shanghai, die Maschine ist gecancelt."

„Und jetzt?", frage ich selten dämlich.

„Sweetheart, tut mir leid. Mal sehen, wie lange das dauert. Ich habe mal ein bisschen in den US-Nachrichten gelesen und sie rechnen damit, dass der Spuk in einigen Tagen vorbei sein wird. Da kann man nichts machen."

„Das ist alles, was du zu sagen hast? Ich hänge hier fest, nicht du!" Ich bin wirklich genervt, eigentlich nicht von meinem Vater. Er hat Pech, denn er bekommt es ab.

„Tessa, Liebes. Du bist doch bei den Hawkins gut aufgehoben, oder etwa nicht?"

„Nein, natürlich ist alles in Ordnung hier, aber ich hatte mich so gefreut, dich zu treffen."

„Ich mich doch auch, Sweetheart. Ich mich doch auch. Schau, vielleicht sollte es nicht sein. Warten wir doch achtundvierzig Stunden ab und entscheiden neu. Eventuell nehme ich einfach die Pferde, die du für gut befindest", schlägt er mir vor.

„Du willst jetzt gar nicht mehr kommen?" Meine Stimme überschlägt sich. Dann sitze ich hier umsonst in der Prärie?

„Helen kommt morgen nach Hause und …"

„Dad!", unterbreche ich ihn.

„Schon gut, wir bleiben in Kontakt und sehen weiter, ja? Bisher stand die Reise noch unter keinem guten Stern."

„Wem sagst du das!"

„Pass auf dich auf, Tessa, ja?"

„Natürlich, Dad." Ich verdrehe die Augen beim Gedanken an Derek. Er wird ganz sicher gut auf mich aufpassen. Ha ha. Dass ich nicht lache! Hoffentlich haben sie wenigstens genügend Lebensmittel vorrätig, dass wir nicht hungern müssen. Wobei, so viel, wie ich in den letzten Tagen gegessen habe, könnte ich auch drei Tage Nulldiät verkraften. Glücklicherweise habe ich gute Gene und muss nicht wie viele meiner Kolleginnen jede

Kalorie zählen, aber Bohnen und Speck stehen üblicherweise auch nicht auf meinem Speiseplan.

„Wie geht es Helen?", versuche ich das Thema zu wechseln.

Es ist mir fast peinlich, dass ich jetzt erst nach ihr frage. In meinem eigenen Elend habe ich gar nicht daran gedacht.

„Den Umständen entsprechend, die Schmerzen werden von Tag zu Tag weniger."

„Und sonst?"

„Sonst ist alles bestens. Dann hören wir uns wieder, ja? Tschüss, Sweetheart."

Wenn mein Vater mich so kurzangebunden abbügelt, ist ganz klar, dass es etwas gibt, worüber er nicht reden will. Es ist also doch was im Busch, aber eigentlich will ich das aktuell gar nicht wissen. Ich bin viel zu weit weg, um mich mit den familiären Turbulenzen zu befassen, und habe meine eigenen Sorgen. Im Moment tobt ein Schneesturm, das ist ein akutes Problem. Ich sitze fest. Nachdem mein Vater eben hat durchklingen lassen, dass er womöglich seinen Trip auf die Newfall Ranch komplett absagt, wäre es das Beste, ich würde selbst auch abreisen. Aber es sieht nicht so aus, als ob ich weit kommen würde. Genervt stapfe ich ins Bad.

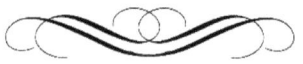

IN DER KÜCHE treffe ich etwas später auf Derek, der Bohnen, Speck und Toast in sich hineinschaufelt. Was sonst!

„Morgen", grüße ich knapp und gehe zur Kaffeemaschine. „Ist doch okay, wenn ich mich bediene?"

Er lacht. „Dachtest du etwa, ich würde dir Frühstück servieren?"

Ich drehe mich zu ihm und lehne mich gegen die Arbeitsfläche. „Wenn ich ganz ehrlich bin, Derek, dann habe ich gedacht, dass du vielleicht etwas netter zu mir sein würdest, ja. Tja, da habe ich mich wohl getäuscht. Keine Sorge, ich bin schon groß und brauche kein Kindermädchen."

Er nimmt einen ordentlichen Schluck Kaffee und lässt mich dabei nicht aus den Augen. Erst jetzt fällt mir auf, dass er gar nicht in seiner üblichen Reitkluft steckt, sondern eine Jogginghose und ein ausgeleiertes Shirt trägt. Er sieht sogar damit sexy aus. Scheiße. Wenn er nur nicht so ein Vollidiot wäre!

„Natürlich hatte Madame auch ein Kindermädchen", kommt aus seinem sinnlichen Mund und ich verspüre das Bedürfnis ihm was an den Kopf zu werfen.

„Mein Gott, Derek. Was habe ich dir nur getan, dass du so ... ach, was sag ich. Da ist doch jedes Wort zu viel." Ich winke ab und schüttele den Kopf.

Zuerst gieße ich mir Kaffee ein, bevor ich den Kühlschrank aufmache und nach etwas suche, das nicht zehntausend Kalorien hat oder von einem toten Tier stammt. Letzten Endes finde ich eine Mango, Weintrauben und einen Apfel, um mir einen kleinen Obstsalat zuzubereiten, und kippe Joghurt darüber. Derek sagt zwar nichts, aber ich spüre, dass er mich anstarrt.

„Was? Willst du auch was?", zische ich und schaue auf.

Als sich unsere Blicke treffen, bleibt die Zeit für einen Wimpernschlag stehen. Ich muss schlucken, weil ich in seinem Ausdruck keineswegs Ärger, sondern etwas ganz anderes entdecke. Einen Sekundenbruchteil später verschließt er sich wieder vor mir und räuspert sich.

„Logisch, nur her mit den Vitaminen."

„Im Ernst?" Ich kann es kaum glauben. Eigentlich hatte ich mit einem blöden Spruch gerechnet. Jeder kennt doch die Dummschwätzer, die denken, dass Models immer nur Grünzeug und Abführmittel zu sich nehmen würden. Dabei steckt viel Arbeit in so einem Körper, mit Hungern und Medikamenten macht man sich nur selbst kaputt – und schlecht für den Teint ist es sowieso.

„Ja, aber wenn das Angebot nicht so gemeint war, dann …"

„Nein, nein. Hier, bitte. Es ist genug da." Ich schiebe ihm meine Schale rüber und schneide noch mehr Obst für eine weitere Portion klein.

„Danke." Diese fünf Buchstaben aus seinem Mund zu hören überrascht mich irgendwie. Ich beäuge ihn mit gerunzelter Stirn.

„Wow", mache ich und widme mich wieder meinem Schälchen. „Hast du was von Cody gehört?"

„Die Operation findet statt, in Topeka ist es nicht so schlimm. Der Eingriff dauert auch nicht lange."

„Hm."

„Schmeckt gut", murmelt er kauend.

„Wirklich?"

„Hey, glaubst du, ich ernähre mich ausschließlich von Speck und Bohnen?"

„Ähm. Keine Ahnung."

Ich zucke mit den Schultern und schaue ihn an. Das amüsierte Funkeln in seinen Augen steht ihm gut zu Gesicht. Äußerst gut.

„Was auch immer. Es sollte ein Kompliment sein."

„Cool. Danke. Was hast du heute vor?"

Er hebt eine Augenbraue und seine Mundwinkel biegen sich nach oben.

„Schon mal rausgeschaut? Ich mache heute gar nichts, die Pferde stehen sicher im Stall, haben Futter und einige meiner Leute sind auf der Ranch, die nach dem Rechten sehen. Aber Reiten, das kannst du vergessen."

Ich nicke und setze mich auf die Arbeitsfläche, lasse meine Beine dabei baumeln. Zum einen, weil ich das zu Hause auch oft so mache, zum anderen, weil ich nicht zu nah bei ihm sitzen will. Der Mann hat eine komische Wirkung auf mich, die sich garantiert verstärken würde, wenn ich neben ihm auf dem Hocker frühstücken würde.

„Und du?", fragt er, da ich nichts antworte.

„Sehr witzig. Was soll ich schon machen? Das läuft nicht gerade wie geplant. Ich wollte meinen Dad treffen, aber so, wie es aussieht, wird das wohl nicht stattfinden. Keine Ahnung. Wenn es länger dauert, muss ich einen Termin verschieben und das wäre suboptimal. Immerhin hängt einiges an so einem Shooting."

„Stimmt, du bist ein vielbeschäftigtes Model."

„Warum hört sich das aus deinem Mund wie eine Beleidigung an?"

Er kaut und zuckt mit den Schultern, sagt jedoch nichts. Ich kratze mich mit dem Löffel an der Nase und beobachte ihn. Er rührt im Rest seines Obstsalats.

„Schätze, wir sind in einer Pattsituation. Versuchen wir, das Beste draus zu machen. Du gehst mir nicht auf den Keks und ich dir nicht", schlägt er schließlich vor.

„Echt jetzt?" Ungläubig starre ich ihn an.

Er erwidert nichts, sondern funkelt mich nur an. Seine Nasenflügel blähen sich leicht auf, aber er schweigt beharrlich.

Mit einem Ruck springe ich von der Arbeitsfläche und stapfe mit meinem Frühstück und dem Kaffee ins Wohnzimmer. Ich weiß, es ist nicht mein Zuhause, aber Rose und Cody hätten sicher nichts dagegen. Und was Derek denkt, ... der kann mich mal!

Als ich den Fernseher einschalte, sehe ich nichts außer ... nichts.

Das ist doch unfassbar. Das Scheißding funktioniert also auch nicht. Genervt ziehe ich mein Handy aus der Tasche. Werde ich mir halt so ein paar Infos zu diesem dämlichen Blizzard aus dem Netz holen. Erst nachdem sich nach zwei Minuten keine Seite aufgebaut hat, wird mir klar, dass mein Smartphone keine Verbindung hat.

„Super, ganz toll!", meckere ich und stecke mir ein Stück Apfel in den Mund. Wie soll ich das hier nur überleben? Als ich mich umsehe, bemerke ich, dass Derek am Türrahmen lehnt und grinst.

„Willkommen in Kansas." Um seinen Mund liegt ein spöttischer Zug.

Gott, noch ein Wort und ich schnappe mir ein Kissen und werfe es ihm an den Kopf.

„Sei doch still!"

„Gut, wenn du was brauchst, ich bin oben."

„Oben?"

„Ja."

Wahnsinn, er will mich echt alleine hier sitzen lassen. So ein Affe!

„Habt ihr einen Fitnessraum oder so was?" Bewegung kann nach den üppigen Mahlzeiten hier absolut nicht schaden und so könnte ich mir ein wenig die Zeit vertreiben.

Derek beäugt mich, als wäre ich eine Verrückte.

„Nein, Tessa. Wir haben keinen Fitnessraum. Wenn ich Sport treiben will, gehe ich nach draußen."

„Okay, super. Dann mach ich halt Yoga." Genervt springe ich auf, stolziere an ihm vorbei. Ich bringe meine Schüssel und Tasse zurück in die Küche, während er sich nicht rührt. Ohne ihn weiter zu beachten, trampele ich die Stufen nach oben und knalle meine Zimmertür hinter mir zu.

„Komm schon, Tessa, früher haben die Menschen auch kein Internet und Fernsehen gehabt. Ich werde das überstehen", spreche ich mir selbst Mut zu und atme tief durch.

Als ich mich etwas beruhigt habe, scrolle ich durch die Musik auf dem Handy. Ich entscheide mich für die Playlist „Meditation" und krame nach meinen Sportklamotten. Sofort fühle ich mich wieder ein Stück weit wie ich selbst.

Als ich mit den Yoga-Übungen fertig bin, knipse ich noch ein Bild. Auch wenn ich kein Netz habe, posten kann ich es ja irgendwann später. Dieser scheiß Schneesturm wird ja wohl nicht wochenlang dauern.

In den folgenden Stunden bleibe ich auf meinem Zimmer, auf einen weiteren Zusammenstoß mit Derek habe ich keine Lust.

Ein Klopfen am Nachmittag lässt mich erschrocken auffahren.

„Ja?", Ich setze mich im Bett hin, als die Tür aufgeht.

„Möchtest du was essen?" Derek steckt seinen Kopf herein.

„Essen?"

„Ja, normale Menschen nehmen täglich zwei bis fünf Mahlzeiten zu sich."

Ich verdrehe die Augen. „Und ich bin nicht normal, oder wie?"

„Das habe ich doch gar nicht gesagt. Hast du nun Hunger oder nicht?"

Ich höre einen Moment in mich hinein und ja, ich habe tatsächlich Appetit. Nach den Tagen der Völlerei ist es jetzt beinahe erholsam, endlich mal wieder ein Hungergefühl zu verspüren.

„Ja, okay. Sag bloß, du hast gekocht?" Ich stehe auf und strecke mich. Obwohl mir das Yoga gutgetan hat, bin ich immer noch ein wenig steif.

„Muskelkater?" Schon wieder liegt dieser spöttische Zug um seinen Mund, den ich zu ignorieren versuche.

„Nein. Also, was gibt's zu essen?"

„Um ehrlich zu sein", er kratzt sich nervös an seinem Dreitagebart, „hatte ich gehofft, dass du vielleicht …?"

„Ich soll kochen?" Ich stemme die Hände auf die Hüften. So sieht es aus, der Kerl ist hilflos ohne eine Frau im Haus. War ja fast klar.

Warum freut es mich, dass der Knabe hier quasi um Hilfe bittet?

„Gemeinschaftsprojekt?", schlägt er vor und ich muss lachen.

„Du hast keine Ahnung, wie man etwas zubereitet?"

„Nicht, wenn es sich nicht um Speck, Eier oder Bohnen handelt."

„Was für ein Klischee!", stöhne ich und stolziere an ihm vorbei. Dabei tippe ich ihm kurz auf die Brust. „Das dumme Model muss den Cowboy vor dem Verhungern retten. Dass ich das noch erleben darf!"

Diese Spitze konnte ich mir nicht verkneifen und kichere in mich hinein.

„Ich kann auch schauen, ob wir eine Pizza eingefroren haben, oder zu den Mitarbeitern rübergehen. Dort gibt es garantiert was, also, ich wäre versorgt", klärt er mich verschnupft auf, während wir die Treppe nach unten steigen.

„Wie selbstlos von dir, sich trotzdem nach mir zu erkundigen. Womit habe ich das verdient?" Mein Tonfall ist schärfer als beabsichtigt, aber zurücknehmen will und werde ich es nicht.

Völlig überraschend dreht er sich zu mir um und hält mich am Arm fest. Ich spüre die Stärke, die von ihm ausgeht, und bin zur Salzsäure erstarrt, weil ich – mal wieder – von seinem Blick gefangen bin. Seine federleichte Berührung schickt Blitze durch den dünnen Stoff meines Shirts und mein ganzer Körper beginnt zu vibrieren.

Verdammte Scheiße, ich habe echt ein Problem.

„Hör zu, Tessa. Ich habe keine Ahnung, wie man mit Frauen umgeht. Ich bin einfach nicht besonders gut darin, also sieh es mir nach, wenn ich nicht alles richtig mache."

Er lässt mich stehen wie bestellt und nicht abgeholt und marschiert in die Küche. Mein Herzschlag beruhigt sich nur langsam, während ich mir die Szene noch einmal durch den Kopf gehen lasse.

Wow. Mehr fällt mir dazu leider nicht ein. Ich reibe meinen Arm, um das ungewollte Prickeln zu vertreiben. Warum habe ich jetzt das Gefühl, dass ich was falsch gemacht habe? Immerhin war er derjenige, der mir seit der ersten Sekunde feindselig begegnet ist.

Seufzend gehe ich ihm hinterher.

8

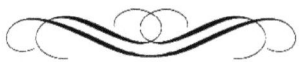

„WIR HABEN ja doch eine ganze Menge da. Also, ihr, meine ich natürlich. Danke, Rose, für deine Vorratshaltung", rufe ich glücklich und lache. „Ist ein leichtes Pastagericht für dich okay?"

Er nickt achselzuckend und zieht dann eine Flasche Wein aus einem Kühlschrankfach.

„Möchtest du?"

Ich beobachte ihn aus zusammengekniffenen Augen.

„Hey, keine Sorge. Das Letzte, was ich im Sinn habe, ist, dich abzufüllen, um dich danach flachzulegen."

Sein barscher Tonfall missfällt mir. Sehr. Es geht mir zunehmend auf den Keks, dass er von sanft bis knallhart so ungefähr alle Tonarten draufhat und sie offenbar alle an mir ausprobieren muss – immer im Wechsel.

Ich verschränke meine Arme vor der Brust und neige meinen Kopf, bevor ich ihn anfahre: „Du bist manchmal so ein Kotzbrocken, Derek. Echt. Keine Angst, so betrunken kann ich gar nicht sein, dass ich mit dir ins Bett gehen würde."

Er schaut mich einen Moment völlig perplex an und bricht in schallendes Gelächter aus. „Gut, Tessa. Dann hätten wir das geklärt."

Er schüttelt amüsiert sein Haupt und dreht den Verschluss des Weins auf, ehe er zwei Gläser aus dem Schrank nimmt. Kurz darauf habe ich einen Drink in der

Hand. Ich wundere mich derweil, warum er meinen Konter so witzig findet und nicht sauer ist.

„Frieden?", fragt er mich auch noch, was mich vollends verwirrt.

Seine graublauen Augen ruhen auf mir und meine Knie werden prompt weich.

Meine Güte, ich reagiere doch sonst nicht so affig, wenn mich jemand einfach nur anschaut. Bei Derek ist das – leider – anders. Ganz anders.

„Klar. Frieden", willige ich atemlos ein und ärgere mich, dass mein Herz in seiner Nähe immer öfter immer schneller schlägt.

„So", räuspere ich mich. „Dann fange ich endlich mal an, sonst wird das nichts mehr."

„Ja, besser, wir essen, bevor der Strom ausfällt."

Schockiert reiße ich meine Augen auf. „Erwartest du das?"

Er setzt sich auf einen Hocker und nippt an dem Wein. „Eigentlich mag ich Bier ja lieber."

„Derek! Strom?", erinnere ich ihn.

„Ja, aber keine Sorge, wir sind vorbereitet."

Mehr scheint er zu dem Thema nicht zu sagen zu haben. Wenn er nicht beunruhigt ist, sollte ich es ebenfalls nicht sein, schließlich erleben die hier so was anscheinend regelmäßig. Von der Außenwelt abgeschnitten sind wir ja bereits, also werde ich auch einen Stromausfall überleben. Falls es überhaupt so weit kommt.

Bei Derek weiß ich manchmal nicht, ob er nicht einfach nur einen dummen Witz macht, um mich zu verunsichern.

Was auch immer. Ich kratze mich kurz am Kopf, schneide danach zwei Tomaten und eine Zwiebel in Würfel und schwitze alles zusammen in einer Pfanne an. Derek schweigt, ich merke aber, dass er mich beobachtet. Wie schon zuvor spüre ich seinen bohrenden Blick im Nacken. Er macht mich nervös.

Vielleicht ist es gar nicht er, sondern die Situation im Allgemeinen. Klar ist jedoch, dass dieser Mann anders ist als die Typen, mit denen ich es sonst zu tun habe.

Ich denke an meine Großmutter. Was sie wohl über einen Kerl wie Derek sagen würde?

„Was ist?", fragt er mich.

Ich drehe mich zu ihm, mit dem Kochlöffel in der Hand, um. „Was meinst du?"

„Du hast leise gekichert."

„Habe ich das?" Ist mir gar nicht aufgefallen. So langsam glaube ich wirklich, dass ich durchdrehe.

Derek schürzt seinen Mund und zieht die Brauen zusammen. „Lachst du über mich?"

„Über dich? Nein, natürlich nicht." Ich werde ihm sicher nicht auf die Nase binden, dass meine Oma immer sagt, bringt mir alles ins Haus, nur keine Wilden aus der Kolonie.

„Na gut." Er scheint sich damit zufriedenzugeben oder es ist ihm tatsächlich egal.

Schweigend lasse ich Wasser in einen Topf und zünde eine zweite Gasflamme an.

„Es wird kein Gourmetessen", warne ich ihn vor. „Meine Kochkünste sind eher … rudimentär."

„Ach was, es riecht sehr gut."

„Huch! Noch ein Lob?", witzele ich und trinke vom Wein.

„Warte ab, bis du das nächste bekommst." Er steht auf und umrandet die Kücheninsel. Mein Herz stolpert, als er auf mich zukommt. Seine Augen funkeln immer noch amüsiert und sein Gesichtsausdruck ist entspannt. So habe ich ihn noch nie erlebt, diesen Derek mag ich viel lieber als den Miesepeter.

Was hat er vor?, frage ich mich und atme leise aus, als ich begreife, dass er nicht zu mir unterwegs ist, sondern zum Kühlschrank geht, um uns nachzuschenken.

Gott. Ich dachte schon, er will ...

Tessa Prescott, du bist dämlich!, schimpfe ich mich lautlos.

Ich darf auf keinen Fall etwas in eine Situation hineininterpretieren, wo nichts ist. Wir hängen hier gezwungenermaßen miteinander fest. Wobei, er hat mir ja vorhin gesagt, dass er auch bei den Mitarbeitern essen könnte ... Aber dann würde ihm Rose hinterher den Kopf abreißen. Außerdem mag ich ihn nicht, erinnere ich mich schnell selbst, bevor ich es womöglich noch vergesse.

„Tessa?"

„Was ist?", zische ich.

„Das Wasser ... es kocht über."

„Scheiße!" Mit spitzen Fingern ziehe ich den Topf von der Flamme.

WENIG SPÄTER sitzen wir tatsächlich mit zwei dampfenden Tellern im Esszimmer. Derek hat sogar eine Kerze angezündet. Ich verkneife mir einen Kommentar dazu, weil ich den fragilen Frieden zwischen uns nicht verderben will.

„Schmeckt gut", lobt er die Kost mit vollem Mund.

„Hättest du nicht gedacht, was?"

„Ich habe gar nichts gedacht, Tessa. Ich habe dir ja schon gesagt, dass ich nichts von Frauen verstehe."

Nach diesem Satz ist meine Stimmung um mindestens fünf Grad abgekühlt. Schweigend essen wir einige Minuten. Ich begreife die Launen dieses Mannes nicht. Ja, es kann ja sein, dass er mal mit einer Beziehung schlimm gescheitert ist, aber deshalb gleich alle Frauen über einen Kamm zu scheren? Das erscheint mir hoffnungslos übertrieben. Andererseits geht es mich nichts an.

„Möchtest du mehr?", frage ich, als mir das Schweigen zu anstrengend wird.

„Ja, gerne. Wenn noch was da ist?"

„Ha, auf euch Cowboys ist doch Verlass. Ihr habt einen gesunden Appetit."

Ich stehe auf, hole den Topf aus der Küche und fülle ihm auf.

„Siehst du, jetzt bedienst du mich doch, Tessa." Ich werfe ihm einen giftigen Blick zu und knalle den Löffel in den Pott.

Ich will mich just von ihm abwenden, als er mich am Handgelenk festhält.

„Hey, tut mir leid. Ich wollte nur einen Witz machen." Seine rauchige Stimme hat einen bedauernden Unterton. Was mich dabei aber noch viel mehr irritiert, sind seine Finger auf meiner Haut. Es ist nur eine kleine Berührung, aber er bringt mich damit viel mehr durcheinander, als mir lieb ist. Schnell schüttele ich seine Hand ab.

„Schon gut", zische ich und verschwinde mit den Resten in die Küche, wo ich mich kurz sammeln kann.

Gott, ich sollte auf keinen Fall mehr Alkohol trinken. Wobei meine Sensibilität daran nicht liegen kann. Von zwei Gläsern Wein bin ich sonst nicht so aufgekratzt. Dereks Nähe ist der Grund. Das ist mir glasklar. Verdammt.

Ich verharre einen Augenblick, bis ich mich wieder gefasst habe. Gerade will ich zurück ins Esszimmer gehen, als er mir mit den leeren Tellern entgegenkommt.

„Schon fertig?", frage ich höflich lächelnd, um meinen gegenwärtigen Zustand zu verbergen. Ich werde nicht mit ihm streiten, ich habe keine Lust auf noch mehr Stress.

„Hm", brummt er. Tja, offenbar ist er jetzt an der Reihe, schlecht drauf zu sein. Das ist ja mal was ganz Neues. Ich seufze leise, weil es anscheinend unmöglich ist, in Frieden mit diesem Kerl zusammenzuleben.

„Mein Gott, was ist denn nun schon wieder los? In einer Sekunde machst du Witze und in der anderen würdest du mir am liebsten den Hals umdrehen! Verfluchte Scheiße, es nervt mich, Derek!"

Okay, vielleicht ist das nicht wirklich das beste Rezept für andauernden Einklang, ihn so anzufahren, aber zu meiner Verteidigung: Ich bin gestresst. Noch nie saß ich wegen eines Sturms irgendwo in der Pampa und die Aussicht, mehrere Tage von der Außenwelt abgeschnitten zu sein, trägt nicht gerade zu meinem inneren Gleichgewicht bei.

Derek stellt derweil die Teller geräuschvoll auf die Arbeitsfläche und hält mich dann an den Schultern fest.

„Du machst mich wahnsinnig, Tessa."

Na Spitze! Da wären wir schon zwei.

„Ja, danke. Das lässt du mich oft genug spüren. Ich bin nicht wegen dir hier, es tut mir leid, dass die Situation so ist, wie sie ist."

„Eben. Du bist nicht wegen mir hier."

Seine kryptischen Aussagen verstehe ich noch weniger als seine wechselhaften Stimmungen. Wortlos stehen wir uns einige Wimpernschläge lang gegenüber und starren uns wütend an. Etwas anderes flackert in seinen Augen auf, das mir den Atem raubt. Seine Pupillen weiten sich und sein Mund ist geöffnet. Seine Lippen sind voll und sanft geschwungen, wenn er sie einmal nicht gerade erbost zusammenpresst, wie so oft.

„Was ist es dann?", wispere ich mit bebender Stimme.

„Es ist ... kompliziert."

Und dann küsst er mich und schaltet meinen Verstand blitzartig ab. Seine Lippen treffen auf meine, während er seine Hände in meinen Haaren vergräbt. Es ist kein zärtlicher Kuss, im Gegenteil. Rohe Leidenschaft schlägt mir entgegen und nimmt mich in Besitz. Unbändig fordert er das ein, was ich bereit bin, ihm zu geben.

Meine Sinne explodieren und ich vergesse alles um mich herum. Ich nehme außer Derek nichts mehr wahr. Ich schmelze buchstäblich in seinen Armen, wie Schokolade in der Sonne. Ich stöhne leise, als er an meiner Wirbelsäule entlangstreicht.

Plötzlich lässt er mich los und taumelt einen Schritt zurück. Er sieht mich mit weit aufgerissenen Augen an und fährt sich durch seine zottelige Frisur.

„Verfickte Scheiße, ich wusste, dass das passiert! Ich wusste es. Von der ersten Sekunde ... ach, verdammt."

Und dann rennt er davon und lässt mich völlig perplex und gedemütigt stehen.

„Was war das?", stammele ich schwer atmend und sinke konsterniert gegen die Küchenzeile. Meine Knie sind butterweich und mein Herzschlag rast.

Nach ein paar Minuten habe ich mich so weit gefangen, dass ich in der Lage bin die Spuren des Abendessens zu beseitigen. Die Spuren des Kusses lassen sich leider nicht so einfach auswischen wie die Pfanne.

Es war phantastisch.

Und wird nicht noch einmal vorkommen.

Trotzdem würde ich eine Erklärung haben wollen, was so plötzlich in ihn gefahren ist. Ich lasse mir viel Zeit beim Abwasch, weil ich hoffe, dass er vielleicht noch einmal nach unten kommt. Aber ich hoffe vergeblich, denn er lässt sich nicht mehr blicken.

Seufzend gieße ich mir, als alles blitzt und blinkt, ein weiteres Glas Weißwein ein, bevor ich nach oben gehe. Ich werde ein Bad im Kerzenschein nehmen und mir wünschen, dass der Schneefall bis morgen aufgehört hat. Er kann mich mal.

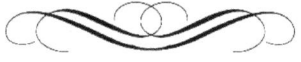

AM NÄCHSTEN MORGEN hat sich die Wetterlage leider nicht verändert. Vor meinem Fenster sehe ich ausschließlich wirbelndes Weiß in Form von Trilliarden Schneeflocken. Als ich nach unten komme, ist der Wohnbereich verwaist. Überhaupt sieht alles noch so wie am Vorabend aus und Kaffee hat auch niemand gekocht. Möglicherweise schläft Derek ja noch.

Na gut. Ich zucke mit den Schultern, mir soll es recht sein, wenn er mir aus dem Weg geht. Ich bin erwachsen und kann mich selbst versorgen, und ich war es ja schließlich nicht, die ihn geküsst hat.

Aber ich habe ihn zurückgeküsst, erinnert mich das Stimmchen in meinem Kopf.

Ja, ich weiß. Scheiße!

Kopfschüttelnd schnippele ich Obst und kippe den restlichen Joghurt darüber.

Nach dem Frühstück drücke ich mich noch eine Weile im Wohnzimmer herum, ziehe ein Buch aus einem Stapel und fange an zu lesen. Derek bekomme ich auch Stunden später nicht zu Gesicht. Am Ende gehe ich wieder nach oben und versuche es mit etwas Yoga, um meinem inneren Gleichgewicht auf die Sprünge zu helfen. Leider will es mir nicht gelingen.

Kein Telefon, kein Internet, kein gar nichts. Es ist zum Heulen.

Das ist nicht meine Welt. Ich hasse es, alleine zu sein. Nicht mal Selfies knipsen bringt Spaß, wenn man sie nicht mit der Menschheit teilen kann. Es ist zum Aus-der-Haut-Fahren.

Der Blizzard tobt unermüdlich vor meinem Fenster, somit fällt ein kurzer Spaziergang ebenso flach. Irgendwo auf dieser Ranch muss doch jemand sein, mit dem ich mich unterhalten kann. Cody sagte zu mir, dass hier auch einige Mitarbeiter wohnen würden. Die müssten ja noch da sein und können selbst auch nicht raus. Erleichtert über meinen Geistesblitz mache ich mich auf den Weg in den Westflügel.

9

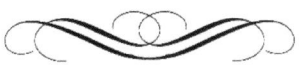

SO SICHER, dass ich richtig handele, bin ich mir nicht, als ich die Klinke zum Westflügel herunterdrücke. Zwar bin ich es gewohnt, mich unter fremde Menschen zu mischen, aber meistens sind das keine wilden Cowboys. Egal, jetzt gibt es kein Zurück mehr, und was kann schlimmer sein, als einsam und alleine in einem Schneesturm zu versauern?

Countrymusik und gedämpfte Stimmen dringen an mein Ohr, hier und da ein Lachen. Feiern die etwa eine Party? Ich atme einmal tief durch, bevor ich den Geräuschen folge.

Wow. Und Derek, das Arschloch, hat es nicht für nötig erachtet, mich einzuladen.

Dem werde ich es zeigen. Gut, für einen lustigen Abend bin ich nicht wirklich angemessen gekleidet – ich blicke an meiner Jeans und meiner Bluse herunter. Wahrscheinlich werden sich die Cowboys aber auch nicht in einen Smoking geworfen haben. Der Gedanke erheitert mich und verleiht mir den erforderlichen Mut.

Als ich um die Ecke biege, verstummen die Ersten, die anderen haben mich noch nicht wahrgenommen. Im Raum hocken sieben Männer um einen großen Tisch versammelt. Es sieht ganz danach aus, als ob sie pokern würden. Die Luft ist rauchgeschwängert und jeder hat mindestens ein Glas vor sich stehen. Whiskey, tippe ich, und vermutlich haben sie nicht erst vor ein paar Minuten damit begonnen zu trinken.

Selbstredend ist Derek mit von der Partie. Sein dunkles Haar hängt ihm, wie üblich, in wirren Strähnen auf dem Kopf. Sein schwarzes Hemd spannt sich über seinen muskulösen Rücken und verschwindet in einer Bluejeans, die seine Hüften noch schmaler erscheinen lässt. Er hat eine Zigarre in der Hand und pafft, bis auch er endlich bemerkt, dass was im Busch ist.

„Guten Tag, die Herren", grüße ich in genau dieser Sekunde und lächele zuckersüß.

Bill grinst breit und reagiert als Erster. „Hallo, Lady, hereinspaziert in die Höhle des Löwen!"

Wohl eher Räucherhöhle, will ich sagen, warte aber erst mal ab. Derek dreht sich um und mustert mich mit hochgezogener Augenbraue. Natürlich wortlos.

Ja, danke, du Arschloch, ich existiere auch noch!

Stattdessen schenke ich ihm mein eindringlichstes Kameralächeln.

„Jungs, was meint ihr, ist eine Lady hier willkommen?", wendet er sich an die Cowboys im Raum und jetzt ist es an mir, eine Augenbraue hochzuziehen.

Ich habe ja vielleicht mit vielem gerechnet, aber nicht damit, dass er so offensichtlich durchblicken lässt, dass er mich hier nicht haben will. Mir scheint, er hat schon ordentlich einen im Kahn, das ist jedoch keine Entschuldigung.

Den jungen Walt kann ich neben Bill noch einordnen, zu den anderen Gesichtern habe ich keine Namen.

Ein Mann, ungefähr in Bills Alter, lacht. „Na klar! Hübsche Damen sind immer willkommen, Boss!"

„Kannst du pokern?", fragt mich ein anderer.

Bill steht währenddessen auf und holt einen Stuhl und ein Glas für mich. „Bitte schön."

Derek beäugt mich mit zusammengekniffenen Augen, fährt sich durch die Haare, dreht sich ohne ein weiteres Wort zurück zum Tisch und stürzt seinen Whiskey herunter.

„Ich kann es ja mal versuchen", beantworte ich die Frage bezüglich des Kartenspiels und setze mich. „Bekommt man hier nichts zu trinken?"

Schallendes Gelächter.

„Hey, die Lady will einen Drink!", ruft der Alte mir gegenüber. Die meisten Cowboys sind eher in meinem Alter oder jünger, würde ich schätzen. Mir entgehen ihre lüsternen Blicke nicht, die vom Alkohol verschleiert sind. Mit denen werde ich leichtes Spiel haben, denke ich amüsiert. Wenn ich will, kann ich sehr nett sein, und dann lieben mich alle – fast alle – Kerle.

Derek greift sich die Flasche und gießt mir gleich einen Doppelten ein.

„Bitte sehr, die Dame." Seine Stimme ist noch rauchiger als sonst, seine graublauen Augen zwar glasig, aber leider so durchdringend wie eh und je.

„Sehr nett, danke, Boss", ahme ich den Tonfall des einen Cowboys nach und stürze den Whiskey, ohne mit der Wimper zu zucken, herunter. Es hat doch sein Gutes, dass mein Dad so ein Scotch-Liebhaber ist und ich durchaus das ein oder andere Mal schon Hochprozentiges mit ihm getrunken habe. Das Zeug hier ist nicht gerade ein edler Tropfen, aber so schlecht ist er auch nicht, dass ich mich schütteln müsste. Ich knalle das Glas auf den Tisch und überschaue die Runde.

„So, und jetzt?"

Einige Sekunden betrachten mich alle schweigend, dann nehmen die meisten ihr Blatt wieder auf und kehren zur Tagesordnung, beziehungsweise zu ihrem Spiel zurück. Scheint, als hätte ich die Probe bestanden.

„Los, teil ihr halt ein paar Karten aus, Walt, und schmeiß ihr 'n paar Chips hin", knurrt Derek und wirft mir einen finsteren Blick zu.

„Aber nur, wenn es keine Umstände macht", säusele ich und schenke dem jungen Walt ein strahlendes Lächeln. Ich sehe, wie er rot wird und mit fahrigen Händen beginnt, neu zu mischen.

Wunderbar. Also, alle außer Derek scheinen mich zu mögen. Es ist vielleicht nicht meine Party der Wahl, aber definitiv unterhaltsamer, als alleine im Gästezimmer zu versauern.

EINIGE RUNDEN später bin ich gut dabei, ich habe Glück und mein Stapel Chips wächst unaufhaltsam. Es ist ein Vorteil für mich, dass mich niemand kennt – und ich, weil ich blond und eine Frau bin – gnadenlos unterschätzt werde. Natürlich spiele ich auch ein bisschen das naive Dummchen, aber das ist mir egal, es macht Spaß. Und das ist im Moment die Hauptsache. Auch wenn ich es ein Quäntchen übertreibe, flirte ich trotzdem mit Walt. Nicht viel, jedoch genug, um den jungen Mann ins Schwitzen zu bringen.

Der Alte, der Jim heißt, wie ich mittlerweile weiß, haut Walt gerade auf den Rücken, bis er husten muss. „Hey, die Lady will doch nichts mit einem Grünschnabel wie dir anfangen, schmink dir das mal ab. Die braucht einen gestandenen Mann."

„Wie dich, oder wie? Du könntest ihr Grandpa sein", murrt ein anderer und trinkt sein Glas aus. Ich kichere und werfe meine Mähne über die Schulter zurück. „Wer ist dran mit Austeilen?", frage ich augenklimpernd und tue so, als ob ich meine Chips noch einmal zählen würde. Derek ignoriere ich übrigens komplett. Er verfolgt offenbar das gleiche Ziel, denn seit er mir den Drink eingegossen hat, hat er mich keines Blickes mehr gewürdigt und schon gar keinen Ton zu mir gesagt. Er pafft immer mal wieder an seiner Zigarre und setzt nur halbherzig, was ihn aber zumindest so weit gebracht hat, dass nur noch er, Walt und ich im Spiel sind. Alle anderen können sich aufs Trinken und Labern konzentrieren.

„Gut, dass wir keinen Strip-Poker gespielt haben", scherze ich. „Sonst wärt ihr jetzt alle nackt, Jungs."

Grölen.

„Hey, Lady, wenn wir um einen richtigen Einsatz spielen würden und nicht um diese scheiß Plastik-Dinger hätten wir uns auch mehr ins Zeug gelegt", meint einer, der anscheinend immer noch nicht begriffen hat, dass ich Tessa heiße. Er heißt Sam und ist bereits so blau, dass er wahrscheinlich nicht mal mehr weiß, auf welchen Namen er selbst getauft wurde.

„Sehr süß", erwidere ich kichernd und schiebe mir die Ärmel meiner Bluse nach oben. Mittlerweile ist es mehr als stickig in diesem Raum. Der Rauchnebel macht es auch nicht besser. Ich zupfe an meiner Bluse herum, um vielleicht etwas Luft an meine Haut zu bekommen. Walts Blick ist auf mein Dekolletee geheftet und nicht auf die Karten. Leider ein Fehler, denn die Hälfte entgleitet ihm und alle biegen sich vor Lachen. Er ist so verknallt in mich, dass er an nichts anderes mehr denken kann. Nicht ganz fair meinerseits, aber der Knabe wird es überleben.

„Das reicht jetzt", zischt Derek und springt so schnell auf, dass sein Stuhl umkippt. „Macht nicht mehr so lange, Jungs!"

Er greift mich am Oberarm und zerrt mich auf die Beine.

„Hey", protestiere ich, verstumme aber sofort, als ich in sein Gesicht sehe. Die Männer beobachten uns interessiert, scheinen jedoch nicht so überrascht zu sein wie ich, dass Derek plötzlich eine merkwürdige Show abzieht.

„Wir gehen", informiert er mich knapp und verlässt mit mir die Räucherhöhle. Ich wehre mich nicht, während er mich an der Hand aus dem Westflügel zieht.

„Gute Nacht, Jungs", rufe ich lachend über die Schulter und winke. „Er rettet euch gerade vor der schlimmsten Niederlage eures Lebens – gegen eine Frau!"

„Gute Nacht, Lady", höre ich noch einige rufen, dann fällt die Tür hinter uns ins Schloss.

„Was soll das, Derek?", zische ich.

„Was das soll? Das könnte ich genauso gut dich fragen!"

Erst in der Küche lässt er mich los und holt sich ein Bier. Mir bietet er keins an. War ja klar.

Ich verschränke die Arme vor meiner Brust, überlege kurz und dackele schließlich selbst zum Kühlschrank, um mich zu bedienen. Ich brauche ihn nicht, bin bis jetzt auch gut allein klargekommen.

„Hast du genug mit dem Kerlchen gespielt? Siehst du nicht, dass er schon seit zwei Stunden einen Harten hat, weil du ihn andauernd anklimperst?"

„Na, und wenn schon?" Ich kräusele meine Lippen und drehe den Verschluss meines Buds auf.

Derek nimmt einen großen Schluck, bevor er weiterspricht. „Machst du das grundsätzlich so? Erst heißmachen und dann …?"

„Ich wüsste nicht, was dich das angeht!"

„Gar nichts. Gar nichts", scheint er sich selbst zu erinnern, schiebt sich eine Strähne aus dem Gesicht und starrt auf seine Schuhe.

„Mann, am liebsten würde ich abhauen!", murmele ich und trete von einem Fuß auf den anderen.

„Keine gute Idee. Nicht nur wegen des Blizzards. Hier gibt es außerdem Bären, Kojoten und allerhand Tiere, die du nicht mögen würdest."

„Wie du schon sagtest, es ist ein Paradies hier", gebe ich sarkastisch zurück. „Und was jetzt? Willst du mich wieder küssen und dann wegrennen? Ohne ein Wort?"

„Nein, Tessa, das will ich nicht!"

Wir funkeln uns an.

„Schön."

„Schön."

Immer noch starren wir uns an. Jeder nippt gelegentlich an seinem Bier, bis es mir zu dämlich wird. Ich knalle die Flasche auf die Granitplatte, dabei weiß ich nicht mal genau, warum ich so sauer bin. Ich hatte ohnehin nicht vor, die ganze Nacht mit den Cowboys zu pokern. Dieser Mann bringt einfach die schlimmsten Seiten in mir zum Vorschein.

„Gute Nacht, Derek."

In diesem Moment geht das Licht aus.

„Na super", stöhne ich. Der Stromausfall kommt äußerst passend. Wie ätzend.

Ich höre ihn langsam ein- und dann wieder ausatmen.

„Es wird nicht lange dauern. Zähl bis zehn."

„Das wäre dann der kürzeste Blackout der Geschichte Amerikas."

Zum Glück kann er nicht sehen, wie ich mein Gesicht zu einer Grimasse verzerre.

Aber tatsächlich, nach wenigen Sekunden geht das Licht zunächst flackernd, dann stabil wieder an.

„Notstromaggregat", klärt er mich auf, und ich muss blinzeln, weil meine Augen sich an die Lichtverhältnisse gewöhnen müssen.

„Von mir aus. Gute Nacht", sage ich, dieses Mal weniger ruppig und verschwinde nach oben. Ich habe nicht vor, mich weiter mit diesem Klotz abzugeben.

AUCH WENN es das zweite Mal an diesem Tag ist, lasse ich mir ein Bad ein. Sonst gibt es hier ja nichts zu tun und ich finde es total entspannend, dabei auf die Kerzen zu starren. Es hat etwas Meditatives, das ich jetzt dringend brauche.

Endlich, im Wasser lasse ich meine Seele baumeln und schalte ab. Ich höre den Wind ums Haus heulen, ab und zu dringt ein Hauch durch die Ritze unter dem Fenster, der mich frösteln lässt. Dann gleite ich bis zum Kinn ins Nass. Badeschaum habe ich zum Glück immer in meiner Reisetasche, aber wenn dieser Blizzard noch lange dauert, muss ich bald ohne Zusatz baden. Ich schätze, neben all den anderen Katastrophen hier wäre das kein Weltuntergang. Ich schließe einen Moment die Lider und wackele mit den Zehen. Es ist – bis auf die Geräusche des Wetters – herrlich still. Merkwürdig und angenehm zugleich. Als ich das nächste Mal die Augen öffne, glaube ich, etwas auf dem Boden des Badezimmers zu sehen. Da nur das Kerzenlicht den Raum beleuchtet, kann ich nur Umrisse wahrnehmen. Doch, da ist definitiv etwas.

O mein Gott!

Ich schreie.

Aus voller Kehle und verdammt schrill.

In einem Sekundenbruchteil springe ich auf die Beine. Tropfen spritzen überall hin und verscheuchen das Tier. Es ist ins Zimmer gelaufen, raus aus dem Bad.

Verfluchte Scheiße.

Anscheinend kann ich sehr laut schreien, denn nach wenigen Sekunden baut sich Derek im Bad auf und knipst das Licht an.

Im Schock blinzeln wir beide. Ich darüber, dass er hier ist – und wegen der Maus, er höchstwahrscheinlich wegen meines Anblicks. Ich bin splitterfasernackt und nass. Das ganze Bad steht unter Wasser, aber das ist ihm, so, wie er mich anglotzt, sicher noch nicht mal aufgefallen.

„Da war eine Maus!", kreische ich immer noch leicht hysterisch und deute mit dem Zeigefinger auf den Boden.

Sein Mund ist geöffnet und seine Augen sind starr auf meinen feucht glänzenden Körper gerichtet. Als meine Worte langsam bei ihm ankommen, hebt er seinen Blick über meine Brüste zu meinem Gesicht.

„Maus?", wiederholt er mit ungläubigem Tonfall.

„Ja, ganz sicher. Da war eine Maus im Bad. Genau hier …" Ich zeige auf die Mitte der Badematte und greife endlich nach einem Handtuch, um meine Blöße zu bedecken.

„Du spinnst, und deswegen schreist du so?"

Seine Haltung entspannt sich etwas, seine Gesichtszüge nicht.

„Ich spinne? Ich spinne?!" Genervt steige ich platschend aus der Wanne und schaue mich dabei hektisch um, ob das Nagetier möglicherweise irgendwo zappelt.

Derek schüttelt den Kopf und fährt sich durch die Haare. „Und ich dachte, es wäre was Schlimmes passiert."

„Es ist schlimm", beharre ich, sehe zu ihm auf und ziehe das Handtuch noch ein Stückchen höher.

„Pf", macht er und dreht sich um.

„Warte mal, willst du nichts unternehmen?"

„Hier war ganz sicher keine Maus und selbst wenn, dann wird sie nicht in dein Bett krabbeln und dich töten."

„Das ist jetzt nicht dein Ernst, oder?"

„Sieht so aus. Ich kann dir eine Mausefalle bringen. Das hier ist eine Ranch, selbstverständlich gibt es irgendwo Nagetiere. Sei froh, dass es keine Ratte war."

Ich schnappe nach Luft. Dieses Arschloch besitzt die Frechheit, sich über mich lustig zu machen.

„Gute Nacht, Tessa." Er verlässt das Bad und ich bleibe sprachlos zurück.

Kann ich mich getäuscht haben und es war gar keine Maus? Warum nimmt er mich nicht ernst?

Nein.

Da war definitiv was.

Aber ich werde den Teufel tun und Derek hinterherlaufen, um ihn zu bitten, mir zu helfen. So weit kommt es noch. Es war auch nur der Schock. Natürlich habe ich keine Angst, dass mir eine winzige Maus was antun könnte. Wie lächerlich.

Dieser Idiot.

Ich atme theatralisch aus und trockne mich ab.

„Bitte, lieber Gott, lass den Blizzard weiterziehen!", flehe ich und entferne den Stöpsel aus der Wanne.

10

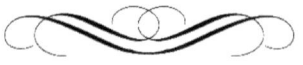

MEINE GEBETE wurden erhört. Aus dem tosenden Schneesturm ist ein mittelschwerer Schneefall geworden und ich kann von meinem Fenster aus endlich wieder etwas erkennen. Wahnsinn, was es da in den letzten Tagen heruntergeschneit hat. Da haben die Knaben der Ranch ordentlich was zu tun, um alles wieder gangbar zu machen.

Geschlafen habe ich ganz gut – trotz der Aufregung gestern Abend. Die Maus habe ich zwar nicht vergessen, aber nachdem ich Ewigkeiten nach dem „Vorfall" nichts mehr von ihr gesehen habe, habe ich mich schließlich doch ins Bett getraut. Ich war zu müde, um die ganze Nacht deswegen Wache zu halten.

Derek könnte ich allerdings auch heute noch umbringen.

Na ja, wenn ich Glück habe, kommt Rose mit Tyler nachher wieder zurück, dann muss ich mich mit dem Blödmann nicht mehr alleine herumschlagen. Vor allem aber bedeutet die Änderung der Wetterlage, dass ich bald abreisen kann.

Telefonempfang habe ich immer noch keinen, bin jedoch zuversichtlich, dass sich das in den kommenden Stunden – spätestens morgen – ändern wird. Alles wird sich in Wohlgefallen auflösen, da bin ich mir sicher. Jetzt, da ich weiß, dass ich nicht mehr tagelang festsitzen muss, wird mich nichts mehr aus der Ruhe bringen.

Schon gar kein dunkelhaariger Cowboy mit breiten Schultern und graublauen Augen. Vor allem nicht der.

Bevor ich frühstücke, mache ich ein paar Yoga-Übungen, danach treibt mich die Lust auf Koffein nach unten. Leider sitzt Derek in der Küche und liest in einem Magazin. Er trägt eine dunkle Hose und ein kurzärmeliges, schwarzes T-Shirt.

Hat ihm jemand mal gesagt, dass es draußen immer noch schneit?

Na ja. Mir kann es egal sein, ob er sich eine Erkältung holt.

Neben ihm stehen ein dampfender Kaffeebecher und ein leerer Teller, auf dem eine ganze Menge Krümel liegen. Hoffentlich hat der Arsch mir was übrig gelassen.

„Morgen", grüße ich knapp und würdige ihn keines Blickes.

„Guten Morgen", erwidert er und ich registriere, dass er den Kopf hebt, um mich anzusehen. Ich allerdings zeige ihm nur meine Kehrseite und gieße mir Kaffee ein.

„Meine Mom und Tyler werden in ein paar Stunden zurück sein. Der Blizzard ist nach Osten weitergezogen und treibt da jetzt sein Unwesen."

„Woher weißt du das?", frage ich erstaunt.

„Das Telefonnetz funktioniert wieder. Strom auch."

„Wirklich? Mein Handy aber nicht."

„Hast vielleicht den falschen Anbieter."

Danach widmet er sich wieder seinem Magazin.

„Ja, oder so." Ein Augenrollen kann ich mir nicht verkneifen. Dieser Kerl ist die Gleichgültigkeit in Person, was mich rasend macht.

„Ach, und Cody hat die OP gut überstanden, alles gut so weit. Es war ja kein komplizierter Eingriff", ergänzt er, ohne aufzublicken.

„Schön, freut mich. Richte ihm meine Genesungswünsche aus. Ich werde ihn ja wohl nicht mehr sehen, bevor ich abreise." Meine Stimme klingt schrill, was nur daran liegt, dass mein Puls schon wieder auf hundertachtzig ist.

„Hast du deinen Aufbruch schon geplant?" Er lässt seine Lektüre sinken.

„Kann dir doch egal sein", gebe ich kühl zurück und checke, was noch im Kühlschrank ist.

„Stimmt auch wieder. Du bist mir keine Rechenschaft schuldig."

Weil ich keine Ahnung habe, was ich darauf erwidern soll, schweige ich.

Sollte ich ihn auf den Kuss ansprechen? Es kommt mir beinahe so vor, als ob ich ihn nur geträumt hätte. Aber nein, die Erinnerung an seine Lippen auf meinen ist viel zu real, als dass ich mir das hätte einbilden können.

Dennoch heische ich nicht nach einer Erklärung, ich wüsste selbst nicht, was ich dazu sagen sollte. Außerdem müsste ich mich dann mit der Frage befassen, was ich getan hätte, wenn er mehr von mir gewollt hätte. Und das ist vielleicht die Krux an dem Ganzen: Ich fürchte, dass ich direkt mit ihm im Bett gelandet wäre.

Derek spricht mich auf einer komplett anderen Ebene an als die Typen, mit denen ich mich sonst in den Laken wälze. Es ist beängstigend und höchst verwirrend.

„Willst du dir was aus dem Kühlschrank nehmen oder wartest du, dass dir was entgegenkommt?", höre ich seine amüsierte Stimme hinter mir.

Tatsächlich, ich stehe wie angewurzelt davor und starre hinein. Schnell greife ich nach einer Packung Schinken und einer Paprika.

Glücklicherweise wird sein Stuhl mit einem kratzenden Geräusch nach hinten geschoben. Das kann ja nur bedeuten, dass er gleich verschwindet. Sehr vernünftig, bevor ich ihn doch noch umbringe.

„Bin dann mal draußen", informiert er mich zu meiner großen Überraschung.

„Schön für dich", entgegne ich und nehme mir einen Teller aus dem Schrank.

„Du kommst klar?"

„Was soll das denn jetzt, Derek?" Wütend funkele ich ihn an. Gestern hat es ihn auch einen feuchten Dreck interessiert, ob ich klarkomme oder nicht.

„Schon gut. Du weißt ja, wo du mich findest, wenn was ist." Achselzuckend räumt er das Feld.

„Weiß ich das? Hm hm", mache ich, aber er ist schon weg.

Es wird höchste Zeit, dass Rose wiederkommt und dass ich endlich meinen Dad erreiche. Ich würde es für das Beste halten, er kauft die zwei Jungpferde, die mir gefallen, und damit hat sich die Sache.

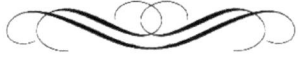

AM FRÜHEN NACHMITTAG, ich stehe gerade in der Küche und erhitze Wasser für einen Tee, als ich den

Hawkin'schen Hubschrauber höre. Es ist komisch, aber ich freue mich, Rose und Tyler gleich wiederzusehen – nicht nur, weil ich Derek dann nicht mehr alleine ertragen muss. Nein, ich mag die beiden.

Wenig später laufen Tyler und Rose über den Hof. Die Cowboys haben zuvor ganze Arbeit geleistet, jetzt muss man nicht mehr durch meterhohen Schnee waten. Große Schneehaufen in den Ecken zeugen davon, was sie bewerkstelligen mussten. Tyler lässt seinen Rucksack fallen, der wie ein Teddy aussieht, und sprintet schräg über den Hof, direkt auf Derek zu, der vor dem Hengsthaus steht.

„Daddy, Daddy! Wir sind wieder da", ruft er und rennt, so schnell ihn seine kleinen Beinchen tragen. Derek breitet seine Arme für ihn aus. Auf seinem Gesicht liegt so viel Liebe für seinen Sohn, dass mir ganz warm ums Herz wird. Tyler wirft sich in die Umarmung seines Dads und lässt sich von ihm mehrmals im Kreis herumwirbeln. Der Junge jauchzt vor Freude und verlangt nach mehr. Rose sieht mich am Fenster und winkt mir zu. Ich fühle mich ertappt, weil ich mir wie ein Spanner vorkomme, und spüre, wie die Hitze über meinen Hals nach oben kriecht.

Ich stand rein zufällig hier und musste das quasi beobachten. Ich winke zurück und lächele sie verlegen an. Kurz darauf kommt das Trio zu mir in die Küche und die Neuankömmlinge begrüßen auch mich so herzlich, als würde ich längst zur Familie gehören. Das heißt, Tyler läuft auf mich zu und klammert sich an mein Hosenbein. „Du bist noch da, Tessa! Juhuu."

Er strahlt mich mit seinen hübschen Augen an und pustet sich den Pony aus dem Gesicht. Ich kann nicht anders, als ihn hochzunehmen, und schiebe ihm die Haare aus der Stirn. „Ja, ich bin noch da, Kleiner. Schön, dich zu sehen. Hallo Rose", sage ich lächelnd. Sie ist gelassen und wirkt zufrieden.

„Hallo Darling", begrüßt sie mich, kommt auf mich zu und küsst mich auf die Wange. „Ich hoffe, es war erträglich mit Derek?"

„Ähm. Ja, sicher", gebe ich zurück, spüre aber, dass ich rot werde. Schon wieder.

Dereks Mimik verrät, dass ihm auch lieber wäre, ich würde sofort verschwinden. Schnell setze ich Tyler ab, da ich Angst habe, dass er mich gleich anmeckert, dass ich dies und das nicht zu tun habe. Das hat er mir im Zusammenhang mit Tyler ja schon ein paarmal zu verstehen gegeben. Und tatsächlich, er entspannt sich, als Tyler wieder auf dem Boden steht und dann ins Wohnzimmer läuft, um sich etwas zum Spielen zu suchen.

„Wie war es in Topeka?", erkundige ich mich bei Rose und ignoriere Derek komplett. „Wie geht es Cody?"

„Dem geht es gut. Unkraut vergeht nicht. Er kommt bald nach Hause."

„Sehr schön."

„Ich geh in den Stall", lässt uns Derek wissen, bevor er abzieht.

Die Tür ist noch nicht ganz zu, als Rose mich eindringlich ansieht. „So, und jetzt raus mit der Sprache. Was hat mein Sohn wirklich angestellt?"

„Äh, was?", versuche ich auszuweichen.

„Komm schon, Tessa. Ich habe Augen im Kopf."

„Ich weiß nicht, wovon du sprichst." Ich kann und will nicht darüber reden. Außerdem, was würde sie wohl sagen, wenn ich ihr mitteile, dass ihr Sprössling mich ungefragt geküsst hat und dann einfach abgehauen ist?

„Darling, ich kenne Derek und mir ist bewusst, dass er Frauen gegenüber manchmal ein wenig ... sperrig sein kann."

Ich lache laut und setze mich auf einen der vier Barhocker.

„Sperrig?", wiederhole ich immer noch lachend. „Das ist eine treffende Beschreibung."

„Also?"

Ich zucke mit den Achseln.

„Wir hatten keinerlei Probleme. Hör mal, könnte ich mal meinen Dad von eurem Telefon aus anrufen? Ich würde gerne klären, wie die Lage bei ihm ist. Mein Handy hat immer noch keinen Empfang."

„Ja, natürlich. Da musst du doch nicht fragen. Hier." Sie reicht mir das schnurlose Telefon aus der Wandstation.

„Na ja, ich wollte mich nicht einfach ... bedienen."

„So ein Quatsch, ich hoffe, Derek hat nicht irgendwie so was zu dir gesagt?"

„Nein, nein. Ich sagte doch, es war alles in Ordnung."

Sie sieht mich mit zusammengekniffenen Augen an, als ob sie es kaum glauben könnte. Dann steht sie auf und geht zu Tyler ins Wohnzimmer. „Ich lasse dir mal Ruhe zum Telefonieren. Zum Abendessen habe ich was aus der Stadt mitgebracht, das muss ich nur noch aufwärmen."

„Sehr schön, vielen Dank."

Nachdem ich erfahren habe, dass mein Dad seinen Besuch hier endgültig vertagt hat, werde ich meine Pläne anpassen. Ohne Internet alles zu arrangieren, ist nicht ganz leicht, da ich sonst alles per Email regele. Rose meinte eben, dass bald alles wieder laufen würde, der Blizzard wäre nicht so heftig gewesen wie erwartet. Warten wir ab, ich bin noch ein wenig skeptisch. Ich rufe nachher mal meine Agentin Joyce an, zur Not muss sie die Korrespondenz übernehmen.

„Schmeckt es euch?", fragt Rose.

Tyler krabbelt auf dem Stuhl seines Vaters und auch auf seinem Vater herum, aber Derek lässt sich davon nicht aus der Ruhe bringen. Es ist erstaunlich, wie geduldig er mit seinem Sohn ist, während er sonst eher ... Ach, egal.

„Lecker, ich liebe thailändisch", sage ich und spieße ein Stück vom Hühnchen in Kokossoße auf meine Gabel.

„Hm", brummt Derek. „Willst du nicht noch was essen, Ty?"

„Ne-hein. Bin satt."

„Dann hast du wieder Hunger, wenn du ins Bett sollst."

„Kann ich bei Grandma schlafen?"

„Du warst doch erst mit ihr unterwegs", wendet Derek ein, Tyler lässt sich jedoch nicht beirren.

„Ich will aber."

Rose hebt beschwichtigend die Hände. „Ist schon okay, Derek. Es stört mich nicht. Es liegt bestimmt daran, dass ich ihm abends immer eine Geschichte aus einem neuen Buch vorgelesen habe. Da geht es um Piraten." Sie macht große Augen und lächelt.

„Ah, na dann. Also gut, aber morgen schläfst du wieder in deinem Bett, klar?"

„Klar, Dad." Dann springt er von Derek auf den Boden und rennt ins Wohnzimmer.

„Zu viel Energie", seufzt dieser und legt sein Besteck beiseite.

„So, morgen kommt Cody raus?", frage ich.

„Ja, der macht da nur die Krankenschwestern verrückt." Rose grinst anzüglich. „Cody kann Frauen um den Finger wickeln, wenn er möchte."

Komisch, dass er auf mich von Anfang an eher wie ein Kumpel gewirkt hat. Es ist aber auch besser so. Ein männliches Problem im Haus reicht mir aktuell.

„Das kann ich mir vorstellen!", sage ich schnell und lache, als ich sehe, wie Derek seine Augenbraue hebt und mir einen vernichtenden Blick zuwirft.

„Hu, jetzt bin ich satt." Ich schiebe meinen leeren Teller von mir.

„Und dein Vater? Wie sind seine Pläne?", erkundigt sich Derek.

„Er überlegt, seinen Besuch nach den ganzen Turbulenzen noch einmal zu vertagen. Meiner Tante geht es zwar so weit gut, sie ist zu Hause, hat aber einen Gips und kann nicht reisen."

„Ich hoffe, dass du trotzdem noch ein paar Tage bleibst. Wir haben ja so selten Damenbesuch." Rose wirft ihrem Sohn einen Seitenblick zu, den er ignoriert.

„Ich werde mal Tyler bettfertig machen", verkündet Derek abrupt und springt auf.

„Ich will noch nicht ins Bett", ruft der Junge aus dem Wohnzimmer.

Ich muss kichern. „Es ist göttlich, Kinder kriegen immer das mit, was sie nicht hören sollen."

„Ach, und das weißt du woher?" Derek ist wie so oft kurz angebunden.

„Weil ich zufällig selbst mal ein Kind war und vier Schwestern habe."

„Glaub mir, es ist nicht das Gleiche. Wenn man erst mal selbst ein Kind hat ..."

„Schon gut", unterbreche ich ihn unwirsch. „Natürlich habe ich keine Ahnung von gar nichts."

Rose schaut zwischen Derek und mir hin und her. Mit einem Mal grinst sie über beide Ohren, steht auf und beginnt die Teller aufeinanderzustapeln.

„Kann ich behilflich sein?", frage ich und nehme die Gläser.

„Auf keinen Fall." Sie grinst immer noch.

Dereks Schritte werden leiser, bis wir aus dem Wohnzimmer einen protestierenden Tyler hören. „Nein, ich bin noch nicht müde."

„Du ziehst zumindest schon mal einen Schlafanzug an." Dereks Stimme ist sanft und gefühlvoll. Es ist mir schleierhaft, wie schnell ihm die Verwandlung vom Arschloch zum liebevollen Vater gelingt.

11

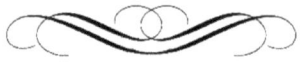

„MIST, VERDAMMTER", fluche ich, als ich mich bettfertig gemacht habe. Mein Handy liegt noch unten. Bei dem Schwätzchen mit Rose habe ich überhaupt nicht mehr daran gedacht.

Die Jungs wissen gar nicht, was für ein Glück sie mit dieser Mutter haben. Ich wünschte, meine wäre auch so gewesen. Meine Erinnerungen an sie sind verschwommen, sicher ist, dass sie nie so patent war wie Rose.

Vielleicht liegt es an den Lebensumständen, ich habe keine Ahnung. Jedenfalls habe ich Rose in mein Herz geschlossen. Sie erinnert mich sogar ein bisschen an Emma, unser ehemaliges Kindermädchen, das sich im Laufe der Jahre zu unserem Mädchen für alles entwickelt hat. Sie nimmt auch jede unserer Macken mit einem Lächeln hin und löst die kleinen und großen Probleme auf ihre Art.

Ich habe Heimweh und sehne mich nach meiner Familie. Natürlich bin ich sonst auch öfter beruflich unterwegs, aber das hier ist doch was anderes. Schließlich sitze ich hier unfreiwillig fest und habe auch nicht wirklich etwas zu tun.

Gedankenverloren schlendere ich nach unten und gehe ins Wohnzimmer, wo ich mein Handy auf dem Couchtisch liegen gelassen habe. Es ist still, vermutlich sind die anderen schon ins Bett gegangen. Eigentlich könnte ich mir noch ein Glas warme Milch machen, das hilft immer bei Sehnsucht. Kurzentschlossen gehe ich in die Küche und schalte nur das Licht unter den Küchenschränken an. Ich finde die dämmrige Beleuchtung zu so später Stunde heimeliger. Dazu spiele ich eine ruhige Pop-Playlist von meinem Smartphone ab. Empfang habe ich immer noch nicht, davon lasse ich mich jetzt nicht stören. Je länger ich ohne Kontakt bin, desto weniger vermisse ich es, dauernd online zu sein.

Ich habe gerade die Milchpackung in den Händen und will den Kühlschrank schließen, als Derek durch die Tür kommt. Na super, hätte er nicht fünf Minuten warten können?

Er trägt nur eine Boxershorts und ein ausgeleiertes T-Shirt. Seinem Blick nach zu urteilen, hat er ebenfalls nicht mit Gesellschaft gerechnet – und ist mindestens so erfreut wie ich, mich zu treffen.

„Ich wollte mir nur ein Glas Milch holen", rechtfertige ich mich und halte den Tetrapack als Beweis hoch. Er sagt nichts und nähert sich mir langsam. Vermutlich reißt er mir gleich die Milch aus der Hand und schreit mich an. Leider reagiert mein Körper, der alte Verräter, wieder so extrem auf Dereks Anwesenheit.

Mein Herzschlag beschleunigt sich und meine Kopfhaut prickelt. Tatsächlich nimmt er mir die Packung sanft ab und stellt sie beiseite. Auf das Meckern warte ich vergeblich, er schaut mich nur durchdringend an.

Er hätte mir den Packungsinhalt auch über den Kopf leeren können, ich hätte es wahrscheinlich nicht einmal bemerkt, wenn er mich dabei so ansieht wie jetzt. Seine

Augen sind dunkel, beinahe schwarz in diesem gedämpften Licht.

Er steht so dicht vor mir, dass ich seinen heißen Atem spüren kann. Er riecht frisch und sauber – und äußerst maskulin. In meinem Hirn ist einiges los, dennoch kann ich keinen intelligenten Gedanken mehr fassen.

Was passiert hier gerade? Ich bin mir nicht sicher, ob ich dafür überhaupt eine Erklärung haben will. Fest steht nur, dass es ihm genauso geht wie mir. Obwohl wir kein Wort wechseln, ahne ich zum ersten Mal, seit ich ihn kennengelernt habe, wie es wirklich in ihm aussieht. Auch wenn es viel zu sagen gäbe, will ich nicht reden, will keine Sinndeutung und schon gar kein Versprechen. Egal was es ist, es wird nichts von Dauer sein. Ich bin gewillt, das zu nehmen, was der Moment uns bietet. Er erwischt mich in einem ungünstigen Augenblick der Schwäche und vielleicht will ich einfach nur zwei starke Arme, die mich festhalten und mir das Gefühl geben, nicht alleine zu sein.

Derek sagt immer noch nichts. Ich sehe, wie sich sein Brustkorb schneller hebt und senkt, als er mir eine Strähne meines blonden Haars aus dem Gesicht schiebt. Dabei berührt er meine Wange sanft und ich unterdrücke ein Seufzen.

Seine Finger auf meiner Haut zu fühlen, versetzt alles in mir in Schwingung. Ich schließe die Augen und lehne meinen Kopf in den Nacken.

Und dann küsst er mich endlich. Es ist ganz anders als beim ersten Mal. Vorsichtig streichen seine Lippen über meine, ich spüre seinen heißen Atem.

„Du schmeckst so gut", flüstert er mit rauchiger Stimme und mein Körper reagiert prompt mit einer Gänsehaut. „Ich begehre dich, Tessa. Ich habe weiß Gott versucht dir aus dem Weg zu gehen …"

„Sch", mache ich und lege meine Hände auf seine schmalen Hüften. „Nicht reden. Lass uns nichts sagen, nur genießen …"

Er atmet hörbar aus, dann packt er mich an den Schultern und zieht mich enger an sich heran, um mich noch einmal zu küssen. Er saugt meine Unterlippe in seinen Mund und knabbert daran, was mir ein leises Stöhnen entlockt. Auch wenn wir uns nicht leiden können, unsere Lippen sind wie füreinander gemacht. Ich kann gar nicht genug von ihm bekommen. Noch nie habe ich bei einem Kuss so viele verwirrende Emotionen in mir gespürt wie jetzt.

Ich bin erregt, von meiner eigenen Lust getrieben, und doch wünsche ich mir nichts sehnlicher, als dass es ihm genauso geht wie mir. Noch nie hat es mich interessiert, was der Mann, mit dem ich knutsche, wirklich über mich denkt.

Ich klammere mich an Derek fest, als wäre er mein Rettungsring, und vielleicht ist er es in diesem Moment sogar.

Auf einmal unterbricht er unsere Verbindung. Schneller, als ich meine Lider öffnen kann, hebt er mich in seine Arme und verlässt die Küche mit großen Schritten. Ich fühle mich ein bisschen wie Scarlett O'Hara, als er mich wie eine Feder in mein Zimmer trägt und behutsam auf meinem Bett ablegt.

„Sag nichts", bitte ich ihn, weil ich Angst habe, einer von uns könnte den Augenblick mit den falschen Worten zerstören. „Küss mich endlich", fordere ich ihn stattdessen auf und ziehe ihn an seinem Shirt zu mir. Derek legt sich halb auf mich und stützt sich dabei auf seine Unterarme. Er sieht mir einen Wimpernschlag lang tief in die Augen. „Was machst du nur mit mir?" Seine Stimme klingt gequält, dann verschließt er meinen Mund mit seinem und ich vergesse, was ich erwidern wollte. Seine Zunge spielt mit meiner und entfacht meine kaum abgekühlte Leidenschaft aufs Neue. Ich streiche über seinen muskulösen Rücken, lasse meine Finger unter den Stoff gleiten, um seine heiße Haut zu ertasten. Er schiebt mein Pyjamaoberteil nach oben und zieht es mir ruckartig über den Kopf.

Wir mussten uns kurz voneinander lösen, aber unsere Lippen finden sich sofort wieder. Ich nehme alle Empfindungen in mir auf, dränge mich an ihn und umklammere seine Hüften mit meinen Beinen. Er trägt nach wie vor seine Shorts, seine Erregung ist durch den dünnen Stoff überdeutlich zu spüren.

„Zieh mich aus", bitte ich ihn und zerre ungeduldig an seiner Boxershorts.

„Nicht so hastig, Baby", knurrt Derek, als er den Verschluss meines BHs öffnet und mein Dekolletee mit tausend Küssen bedeckt. Seine Hände kneten meine vollen Brüste und rufen kleine Schauer der Lust bei mir hervor.

Obwohl er behauptet, dass er von Frauen nichts verstünde, so wird mir klar, dass er ein erfahrener Liebhaber ist. Er weiß genau, was er bei mir anrichtet.

In mir tobt ein Sturm, ich biege meinen Rücken durch, um ihm näher zu sein. Als er eine meiner Brustwarzen in den Mund nimmt, um daran zu knabbern, schreie ich leise auf. Er reagiert mit einem kehligen Stöhnen. Ich klettere Schritt für Schritt auf der Spirale des Verlangens nach oben, dabei haben wir noch nicht mal richtig angefangen. Jetzt streicht er mit seinen Fingern über mein Höschen und berührt mich zart, aber ich will mehr. Viel mehr. Ich dränge mich ihm begierig entgegen und reibe mich an ihm.

Kopflos und unbeherrscht bettele ich um mehr. Seine Zunge taucht in meinen Bauchnabel, während seine Hände meinen Slip über meine Hüften ziehen, bis ich nackt unter ihm liege. Derek rückt ein Stück tiefer und hält mich fest, sodass ich ihm völlig ausgeliefert bin, und leckt über meinen Venushügel.

„Derek", stoße ich hervor.

„Ich werde dir zeigen, was ich von Ungeduld halte", warnt er mich und fährt mit seiner süßen Folter fort.

Langsam, aber bestimmt spielt er mit meiner intimsten Stelle. Ungehalten werfe ich meinen Kopf hin und her, versuche mich unter ihm zu winden, dass er mir gibt, was ich von ihm will. Stattdessen treibt er sein bittersüßes Spiel gekonnt weiter. Dereks Liebkosungen werden drängender. Endlich, denke ich und spüre, wie sich der Höhepunkt rasend in mir aufbaut. Meine Lider sind geschlossen und das Blut rauscht in meinen Ohren. Gerade als ich denke, dass ich so weit bin, verlangsamt er seine Bewegungen, saugt sanft, berührt mich kaum mehr und ich seufze frustriert auf.

Ich war so dicht davor und er weiß es auch. Alleine, dass er selbst heftig atmet und brummende Laute von sich gibt, zeigt mir, dass es ihn große Überwindung kostet, sich nicht das zu nehmen, wonach es ihn verlangt.

Er packt mich fester, drückt mich ins Kissen und ich weiß, jetzt wird er mich erlösen. Ich halte es nicht mehr aus, die Begierde ist mittlerweile so unbändig, dass ich ihn um alles bitten würde, wenn er mir nur das eine gibt. Und dann ist es endgültig um mich geschehen, während seine Zungenschläge immer schneller werden. Ich bäume mich auf und vergrabe meine Hände in seinem Haar, während die Wellen der Lust über mich hinwegspülen.

Ich weiß nicht mehr, wo oben und unten ist, die Gewalt der Klimax ist beinahe unerträglich. Ich weiß nicht, wie viel ich noch aushalten kann.

Und dann ist es irgendwann vorbei und ich bleibe erschöpft und zutiefst befriedigt liegen. Derek legt sich neben mich und küsst mich zärtlich, sodass ich mich selbst schmecken kann.

Nachdem ich mich kurz erholt habe, öffne ich meine Lider und stehe auf. Ich bin zwar gerade erst gekommen, aber noch lange nicht fertig mit ihm.

Jetzt werde ich ihm zeigen, dass ich ihn genauso leiden lassen kann wie er mich, – und ich werde großen Spaß daran haben.

„Bin gleich wieder da." Ich verlasse das Bett und flitze ins Bad, um ein Kondom zu holen. Dereks Blick folgt mir. Er legt sich auf die Seite und stützt sich ab.

Als er versteht, was ich vorhabe, flackert etwas in seinen Augen auf. „Komm her", murmelt er mit belegter

Stimme und zieht mich in seine starken Arme. „Es ist so kalt ohne deine warmen Kurven."

Er hat recht. Es fühlt sich außerdem auch viel besser an, bei ihm zu sein. Ich werde schon dafür sorgen, dass er so schnell nicht frieren wird.

Ich lege mich auf ihn, natürlich ist mir klar, dass mein Gewicht für ihn kein Hindernis ist, aber darum geht es nicht. Wenn er wollte, könnte er mich mit Leichtigkeit von sich schieben. Er sieht aber nicht so aus, als ob er irgendetwas nicht wollen würde ... im Gegenteil. Seine Pupillen sind geweitet und seine verführerischen Lippen leicht geöffnet.

Ich beuge mich zu ihm herunter und küsse ihn lange und intensiv, bis ich spüre, dass er sich unruhig unter mir windet. Dann rücke ich ein Stück weiter zur Seite und greife nach seinem harten Geschlecht. Er saugt scharf die Luft zwischen seinen Zähnen ein, als ich beginne, über seine Eichel zu streichen, und meine Hand dann langsam an seiner samtigen Haut auf und ab bewege. Seine Hüften arbeiten mir entgegen, er atmet gepresst und klammert sich in den Laken fest. Auf seiner Stirn pocht eine Ader.

„Jesus, Tessa!" Er packt mein Handgelenk. „Nicht so", bittet er mich.

„Dein Wunsch ist mir Befehl", scherze ich und drücke ihn sanft zurück in die Kissen. „Wenn du nicht stillhältst, muss ich dich festbinden, das willst du doch nicht?", necke ich ihn und sehe ihn unter halb gesenkten Lidern an.

Er schüttelt den Kopf, und doch ahne ich, dass ich alles mit ihm tun könnte, was mir in den Sinn kommt.

Aber im Augenblick will ich nur eines, ... ihn kosten. Ich lecke über seinen Bauch, der sich unter meiner Zunge anspannt. Ich fühle die einzelnen Muskeln seines Sixpacks unter mir und genieße den salzigen Geschmack seiner Haut. Irgendwann bin ich an meinem Zielobjekt angekommen. Ich umfasse seine Härte, lecke über die feucht glänzende Spitze und nehme sie in meinem Mund auf.

„Tessa", stöhnt er und greift mit einer Hand in meine Haare. Ich lasse mich davon nicht beirren, und schon gar nicht abhalten. Ich liebkose ihn, bis er sich heiser stöhnend unter mir windet. Dereks Augen sind geschlossen und er atmet schwer. Ich weiß, dass er sich nur mit Mühe zurückhält. In dem Moment, als er nah ist, seine Grenze zu überschreiten, halte ich inne und ziehe mich zurück. Er schnappt nach Luft und sieht mich gequält an.

„Mein Gott!", japst er und fährt sich über sein Gesicht.

Ich lache leise und reibe über seine Erektion. Ganz zart, gerade so viel, dass er etwas spürt, aber trotzdem nicht kommen wird. Ich sehe es ihm an und merke, wie nass ich selbst bin. Es erregt mich zu beobachten, wie impulsiv er auf mich reagiert.

„Nicht mehr!", warnt er mich und ich schiebe seine Hand weg.

„Du bringst mich um, Baby. Du bringst mich langsam, aber ganz sicher um", presst er zwischen zusammengebissenen Kiefern hervor und seine Hüften zucken unkontrolliert unter meinen Liebkosungen. Ein letztes Mal sauge ich an ihm und schmecke die ersten Tropfen der Lust.

„Jetzt wird es mir zu bunt." Mit einem Ruck wirft er mich auf den Rücken und begräbt mich unter seinen harten Muskeln. Ich bin gefangen und kann mich nicht mehr bewegen.

„Genug!", keucht er. Er schnappt sich das Kondom, reißt es mit den Zähnen auf und zieht es aus der Packung. Er rollt es über seinen Schwanz und schaut mich eine Sekunde fragend an.

Ich nehme seine Finger und lege sie auf mein Geschlecht. „Fühlst du, wie bereit ich für dich bin?", wispere ich mit belegter Stimme. Ich kann es kaum erwarten, ihn endlich in mir aufzunehmen.

Derek spreizt meine Schenkel und legt sich zwischen meine Beine. Er drängt sich an meinen nassen Eingang und gleitet ganz leicht in mich. Ich schnappe nach Luft, als er mich vollständig ausfüllt. Er gibt mir einen Moment, um mich an seine Größe zu gewöhnen, vielleicht auch, weil er die Zeit selbst braucht.

Derek hat sich auf seine Unterarme gestützt und atmet geräuschvoll ein und aus. Eine Ader an seiner Stirn pocht und kleine Schweißperlen haben sich auf seiner Haut gebildet.

Ich winde mich unter ihm und will mehr. Als er anfängt, sich quälend langsam in mir zu bewegen, seufze ich leise. Es ist so intensiv, dass ich mich an seinem Rücken festkralle. Das Ziehen in meiner Mitte wird rasend schnell unerträglich.

„Tessa", knurrt er neben meinem Ohr. Seine rauchige Stimme ist heiser und mühsam beherrscht. „Du bist so eng, Baby."

Immer drängender kreisen seine Hüften in einem uralten Rhythmus. Ich empfinde rohe, animalische Lust für diesen Mann und keuche bei jedem Stoß. Er trifft immer wieder diesen einen, speziellen Punkt in mir, der mich Sternchen sehen lässt.

„Es ist so gut, mach weiter", bettele ich und recke mich ihm noch ein Stück weiter entgegen, auch wenn es unmöglich ist, ihm noch näher zu sein. Und dann bricht der zweite Höhepunkt mit einer Urgewalt über mich herein. Ich verliere mich, schreie, klammere, beiße und kralle ... alles gleichzeitig. Alle meine Muskeln verkrampfen sich, bis die Kraft des Orgasmus' meinen ganzen Körper durchgerüttelt hat und ich mich schwer atmend und erschöpft unter Derek entspanne. Erst jetzt wird mir bewusst, dass er sich zurückgehalten hat.

„Was ist?", stammele ich atemlos.

„Ich liebe es, dich zu beobachten, wenn du kommst. Du bist immer wundervoll, aber dabei bist du noch schöner. So natürlich, so rein und leidenschaftlich, das könnte ich mir die ganze Nacht ansehen", murmelt er an meinem Ohr und knabbert daran.

„Was ist mit dir?"

„Ich komme schon auf meine Kosten, Baby."

Um das zu bestätigen, zieht er sich aus mir zurück und dreht mich auf den Bauch. Ich schließe die Augen. Ich bin gespannt, was er mit mir vorhat.

„Oh!", entfährt es mir, als ich seine Hände auf meinem Hintern fühle. Er streicht darüber und gibt mir einen sanften Klaps. Er positioniert sich hinter mir und dringt erneut in mich ein. Langsam bewegt er sich und löst damit kleine Schauer bei mir aus.

Dieser Mann wird mich bis an meine Grenzen bringen, das ist mir spätestens jetzt klargeworden.

„Wie willst du mich?", fragt er, während unsere Haut mit jedem Stoß ein klatschendes Geräusch produziert.

„Mach ... weiter", presse ich keuchend hervor und kralle mich im Laken fest. Erschreckenderweise glüht mein Körper aufs Neue, als hätte ich nicht eben schon zwei heftige Orgasmen erlebt. Es ist so intensiv, Derek auf diese Weise zu spüren. Ich recke ihm meinen Hintern entgegen und er packt meine Hüften. Derek atmet schwerer mit jeder Minute und meine eigene Lust wächst rasant. Gerade als ich glaube, es nicht mehr ertragen zu können, hört er auf, sich zu bewegen. Er zieht sich aus mir zurück und hinterlässt eine frustrierende Leere. Derek legt sich auf den Rücken. „Setz dich auf mich", fordert er.

Als ich seiner Bitte nachkomme, kann es ihm auf einmal gar nicht schnell genug gehen.

„Ja, genau so", knurrt er und sein Becken kreist ungeduldig unter mir.

Ich reite ihn erst langsam, dann immer wilder, bis wir beide es nicht mehr aushalten. Dereks Hände drücken sich in mein Fleisch und versengen meine Haut. Unsere Leiber sind schweißbedeckt und er stammelt unzusammenhängende Worte.

Derek ist so kurz davor, mir geht es genauso. Immer eiliger gleite ich an ihm auf und ab und öffne meine Augen, als ich komme. Dereks und mein Blick verhaken sich ineinander, lassen diesen Moment noch intensiver werden.

Ich schreie auf und spüre, dass auch er sich unter mir versteift und sein Geschlecht in mir pulsiert, während er meinen Namen ruft. Dabei sehen wir uns die ganze Zeit an, es ist magisch.

Sehr viel später liegen wir in Löffelchenstellung in meinem Bett. Es riecht nach Sex und Schweiß und erinnert mich mit jedem Atemzug an die aufregendste Nacht meines Lebens. Es ist nahezu erschütternd, wie verbunden ich mich Derek gefühlt habe. Es ist, als wären unsere Seelen miteinander verschmolzen, als wir gleichzeitig gekommen sind.

Natürlich weiß ich, dass das albern ist, aber dennoch hat sich seitdem etwas in mir verändert. Momentan bin ich jedoch viel zu erschöpft, um dem auf den Grund zu gehen. Immer wieder fallen meine Lider zu, bis ich in seiner Umarmung einschlafe.

12

ES IST DAS UNANGENEHME Schweigen, das es mir nach einem One-Night-Stand so unmöglich macht, mit der Person weiterhin normal umzugehen.

Wobei, normal konnten Derek und ich auch vorher schon nicht miteinander sprechen …

Als ich in die Küche komme, sitzt er schon da und schaufelt eine Portion Rührei mit Bohnen und Speck in sich hinein. Als ich aufgewacht bin, war er bereits verschwunden. Hat das Feld geräumt, ohne ein Wort.

Mir war bewusst, dass wir uns nicht die große Liebe schwören würden, aber zumindest *etwas* hätte er sagen können. Stattdessen hat er mich einfach sitzen, beziehungsweise liegen gelassen und ist abgehauen. Rose ist gerade dabei frischen Kaffee zu kochen.

„Guten Morgen." Außer Rose erwidert jedoch niemand meinen Gruß.

Dieser Niemand springt derweil wie von der Tarantel gestochen auf, stellt seinen Teller in die Spüle und verzieht sich.

Alles klar, ich habe ja nicht damit gerechnet, dass er mir gleich einen Heiratsantrag macht. Ein „Guten Morgen" wäre doch wohl nicht zu viel verlangt?

Na ja. Anscheinend doch.

„Kaffee?", fragt mich Rose.

„Ja, bitte. Dringend."

Beim Gedanken an letzte Nacht brennt mein Gesicht, und das wunde Gefühl zwischen meinen Beinen erinnert mich bei jeder Bewegung daran, was ich mit Derek getrieben habe. Was wir zusammen getrieben haben, korrigiere ich mich. Wir waren beide nicht gerade passiv. Schnell lege ich meine kühlen Hände auf die Wangen, um die Hitze zu vertreiben.

„Ist alles in Ordnung?"

„Ich hoffe, ich werde nicht krank", stammele ich und lächele verlegen. „Heute muss ich mal sehen, von wo aus ich am besten fliege. Der Blizzard hat meine Pläne ganz schön durcheinandergewirbelt."

„Möchtest du nicht doch noch ein paar Tage bleiben?"

„Möchten vielleicht, … aber da mein Dad seine Reise vertragt hat, ergibt es für mich keinen Sinn …"

„Nun, ich dachte, …?"

„Äh, was?"

„Nichts, schon gut." Was auch immer sie sagen wollte, offenbar hat sie es sich anders überlegt.

„Wo ist Tyler?" Ich blicke mich um, kann ihn aber nirgends entdecken. Dass er noch schläft, halte ich für sehr unwahrscheinlich.

„Drüben im Büro, sein kleiner Freund ist heute wieder da."

„Wie schön. Er sollte Geschwister haben, dann wäre er nicht so einsam."

„Das erzähl mal seinem Dad."

„Ha, ich werde mich hüten", brumme ich und nippe an meinem Kaffee.

„Cody ist auf dem Weg", wechselt Rose das Thema.

„Was, habe ich so lange geschlafen?" Ich schaue auf die Uhr meines Handys. Tatsächlich. Es ist schon nach zehn. „Oh, toll. Ich habe auch endlich wieder Netz! Stört es dich, wenn ich kurz telefoniere?" „Nein, mach nur." Rose gießt sich noch eine Tasse ein, greift nach der Tageszeitung und setzt sich. Das Rascheln der Zeitungsseiten ist das einzige Geräusch in der Küche. Um sie nicht zu stören, verkrümele ich mich ins Wohnzimmer, wo ich Emmas Nummer wähle. Sie antwortet nach dem dritten Klingeln.

„Hallo Tessa, wie geht es dir? Du warst ja ewig nicht zu erreichen …"

„Ja, stimmt. Hier gab es ein paar Probleme mit dem Wetter, aber jetzt schaut es wieder gut aus. Das ist auch der Grund, warum ich anrufe. Kannst du mir einen Flug buchen?"

„Wohin?"

„Äh. Ja …"

Wohin eigentlich.

Ach ja. „Schau mal, wann die nächste vernünftige Verbindung nach Tokyo verfügbar ist."

„Ja, sicher. Ich melde mich gleich mit ein paar Vorschlägen."

„Danke, du bist ein Schatz, Emma."

„Nicht doch", lacht sie in den Hörer und legt dann auf.

Unterdessen kläre ich mit meiner Agentin Joyce, was sie erreicht hat. Ich bin erfreut, zu erfahren, dass der Kunde sich nach mir richtet. Sie haben Verständnis für die widrigen Umstände, für die Natur könne man ja nichts.

„Tessa, es ist ja Wahnsinn, was sich da auf deinem Insta-Account abspielt. Ich habe sogar schon Anfragen erhalten, die Shootings gehen in diese Richtung. Mach unbedingt weiter damit, du Cowgirl."

Ich blinzele ungläubig, nachdem wir uns verabschiedet haben, und checke Instagram.

Krass, sie hat recht. Wow! Meine letzten Beiträge sind unfassbar erfolgreich, es scheint, dass ich so natürlich ziemlich gut ankomme. Ich lade gleich noch ein paar neue Bilder hoch. Bis Emma sich meldet, scrolle ich mich ein bisschen durchs Netz.

Mein normales Leben hat mich wieder und ich bin ganz in meinem Element. Ich freue mich riesig darauf, bald wieder vor der Kamera zu stehen, und kann es kaum abwarten, mit Joyce zu besprechen, welche Aufträge sich möglicherweise aus meiner aktuellen Reise ergeben. Wer hätte das gedacht?

„Hi Emma, hast du was bekommen?", beantworte ich, als mein Handy bimmelt.

„Es ist wirklich nicht leicht, aber ich habe einen Flug von Kansas mit einem Mal Umsteigen nach Tokyo gefunden, leider erst in zwei Tagen."

„In zwei Tagen?" Meine Stimme klingt unnatürlich schrill.

„Nach dem Blizzard ist an den Flughäfen die Normalität noch nicht wieder eingekehrt. Alle halbwegs vernünftigen Verbindungen sind ausgebucht. Tut mir leid, Liebes."

Ich schnalze mit der Zunge. „Hm. Und die anderen Flüge?"

„Moment, ich hätte hier einen, allerdings wäre der mit viermal Umsteigen und Stopover."

„Danach ist man ja komplett durch den Wolf gedreht. Nein, ich kann ja schlecht als Zombie zum Shooting erscheinen."

Zeitverschiebungen und Langstreckenflüge sind für den Organismus eine riesige Belastung, das alleine ist schon schwer genug zu verkraften, aber die Reise noch künstlich in die Länge zu ziehen, ergibt keinen Sinn. Seufzend reibe ich mit dem Finger über die Nasenwurzel.

„Okay, nimm den Flug übermorgen, ja? Drei Übernachtungen in Tokyo und dann zurück nach Shanghai."

„Geht klar, kann ich sonst noch was tun?"

„Das Hotel wird vom Auftraggeber gebucht. Danke, Emma, nur die E-Mail mit der Reisebestätigung, ansonsten brauche ich nichts. Wie geht es dir?"

„Sehr gut, danke."

„Und was gibt es bei euch? Von Helen?"

Emma atmet am anderen Ende der Leitung hörbar aus. „Es geht ihr wieder gut. Sie ist jetzt natürlich den ganzen Tag zu Hause, während dein Dad arbeitet und deine Großmutter auch ..."

„Okay, es ist also megaanstrengend?"

Emma lacht. „Ja, so kann man es auch sagen. Man muss zusehen, dass man da aus der Schusslinie kommt."

„Ich kann es mir denken. Ja, also, Emma, ich muss Schluss machen. Ich warte dann auf die E-Mail."

„Selbstverständlich, Tessa. Wenn noch was ist, melde dich bitte jederzeit."

„Danke, du bist die Beste."

Mit ambivalenten Gefühlen kehre ich in die Küche zurück, wo Rose kaffeetrinkend am Tisch sitzt.

Noch zwei Tage mit Derek unter einem Dach könnten strapaziös werden.

Ich verstehe den Mann einfach nicht und ehrlich gesagt nagt es an mir, dass er mich heute Morgen wie Luft behandelt hat. Und das, nachdem wir uns letzte Nacht förmlich das Hirn rausgevögelt haben. Ich bin mir sicher, dass er genauso viel Spaß hatte wie ich. Hm. Aber das war es dann wohl auch an Gemeinsamkeiten.

„Konntest du alles regeln?", fragt mich Rose und nippt an ihrem Getränk.

„Ja, aber ich habe erst übermorgen einen Flug bekommen."

„Wie schön." Sie freut sich sichtlich. „Dann können wir ja doch noch etwas Zeit miteinander verbringen."

„Ja, das ist wunderbar." Tatsächlich finde ich den Gedanken, Rose besser kennenzulernen, sehr angenehm.

In dieser Sekunde höre ich schwere Schritte im Flur und wappne mich innerlich, Derek auf ein Neues zu begegnen.

Es ist jedoch Cody, der um die Ecke kommt. Sein Arm hängt in einer Schlinge, er ist blass, aber er lächelt.

„Hallo, bin wieder da!", grüßt er, gibt seiner Mom ein Küsschen auf die Wange und mir ebenso, als ob ich zur Familie gehören würde.

„Wie geht es dir?", frage ich.

„Danke, es geht schon. Die Schmerzmittel sind der Hammer, das muss ich schon sagen. Nachts könnte es etwas besser sein, aber auch das wird sich in ein paar Tagen regulieren, meint der Arzt."

„Und spätestens in einer Woche sitzt er wieder auf dem Pferd", wirft Rose mit hochgezogener Augenbraue ein.

Cody grinst breit. „Ich kann nicht anders."
„Du bist wie dein Vater."
„Das sehe ich als Lob."
„So war es nicht gemeint!" Rose steht auf und hilft ihrem Sohn aus der Jacke. „Möchtest du Kaffee, Junge?"
„Gerne, und was zu Essen. Den Krankenhausfraß konnte man ja kaum runterwürgen."

„Ihr habt sicher einiges nachzuholen", sage ich und lächele sie an. „Ich werde einen kleinen Spaziergang machen, wenn es in Ordnung ist?"

„Natürlich, Tessa. Derek könnte dich begleiten ..."
„Nein, danke, ich verlaufe mich schon nicht und will nur ein wenig frische Luft schnappen."

„Wie ging es eigentlich mit meinem Bruder?", fragt mich Cody und beäugt mich interessiert.

„Ähm. Gut", gebe ich knapp zurück und klemme mir eine Strähne hinters Ohr.

„Gut?", wiederholt er und runzelt die Stirn. „Noch nie habe ich das Wort *gut* im Zusammenhang mit Derek und Benehmen gehört." Dann lacht er und schüttelt den Kopf.

Mir wird heiß, weil ich befürchte, dass beide mir ansehen können, was Derek und ich letzte Nacht ... Schnell verwerfe ich den Gedanken und schiebe mein Handy in die Gesäßtasche meiner Jeans.

„Wir sehen uns später, bis dann", verabschiede ich mich und bringe mich in Sicherheit. In meinem Zimmer lehne ich mich kurz von innen gegen die Tür. Mein Blick fällt auf die zerwühlten Laken meines Bettes. Sein Geruch hängt noch im Raum, und wenn ich die Augen schließe, kann ich seine Lippen und Hände auf meiner Haut spüren ...

„Schluss jetzt!", ermahne ich mich und schnappe mir Stiefel und Jacke.

Während meines Spaziergangs versuche ich, Derek aus dem Weg zu gehen, was gar nicht so leicht ist, wenn man keine Ahnung hat, wo sich das Nicht-Zielobjekt befindet. Ich schlendere über das ausgedehnte Grundstück der Newfall Ranch, soweit es nach dem Schneefall freigeräumt worden ist. Ich genieße die frische Luft und atme sie tief in meine Lungen.

Beinahe hätte ich es geschafft, ohne Derek zu begegnen, wieder ins Haus zu schlüpfen, aber nur beinahe. Er kommt um die Ecke und führt eine Stute mit sich, die ich bisher noch nicht zu Gesicht bekommen habe. Ein hübscher Fuchs mit wachsamen Augen und einer Blesse in Form eines Karos. Ich nicke ihm höflich zu und gehe weiter, weil ich nicht weiß, was ich zu ihm sagen sollte. Ich bin verletzt, dass er wortlos abgehauen ist, auch wenn mir bewusst war, dass unser Sex rein gar nichts mit Gefühlen zu tun hatte. Trotzdem ...

„Tessa, wegen ... gestern", fängt er an, aber ich unterbreche ihn sofort, weil ich mir dazu nichts von ihm anhören will. Und schon gar nicht das, was er vermutlich zu sagen hat. Ich lasse mich nicht von einem Cowboy abservieren.

„Ist schon gut, wir müssen das hier nicht groß thematisieren. Wir haben beide einem Impuls nachgegeben, nicht der Rede wert. Vergessen wir es einfach, ja?"

„Vergessen?", wiederholt er stirnrunzelnd.

„Super schöne Stute, wie alt?", wechsele ich das Thema. Das Letzte, was ich von Derek ertragen kann, ist, dass er sich jetzt auch noch für den One-Night-Stand entschuldigt.

„Tessa", sagt er noch einmal, seine Stimme ist leise, der sonst übliche aggressive Unterton fehlt komplett.

„Tolles Tier", murmele ich und sehe ihn nicht noch einmal an. „Ich gehe mal lieber weiter, du hast sicher zu tun und ich will dich nicht aufhalten. Ach ja, Cody ist wieder da. Bis später."

Ich ringe mir ein Lächeln ab und setze meinen Weg mit klopfendem Herzen fort.

Er brummt noch irgendetwas in seinen nicht vorhandenen Bart, das ich nicht mehr hören kann.

13

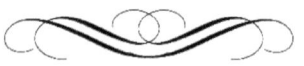

ZUM ABENDESSEN ziehe ich eine Seidenbluse und eine schwarze Hose über. Irgendwie fühle ich mich damit besser als mit einer langweiligen Jeans. Mit Make-up halte ich mich jedoch zurück, ich habe mich bisher an keinem Tag im Hause Hawkins geschminkt und heute wäre es zu offensichtlich, dass ich mich für Derek aufhübsche.

„Ah, Tessa", ruft Rose mir entgegen, als ich nach unten komme. „Würdest du bitte die Schüssel mit dem Salat mit rüber nehmen?"

„Klar, gerne. Was gibt es denn, es riecht total lecker."

„Die Steaks sind gleich so weit."

„Oh! Rind für die Cowboys", witzele ich und Rose rollt mit den Augen.

„Ich fürchte, ja. Cody hat sich ausdrücklich ein ‚vernünftiges Essen' gewünscht, um es mit seinen Worten zu sagen."

„Kein Problem, ich habe kein veganes Menü erwartet, Rose", muntere ich sie auf.

„Ja, aber ich vielleicht." Rose kichert. „Nein, das Thema hatten wir ja bereits. Wenn man nur Kerle im Haus hat, muss man eher nach dem Motto ‚Fleisch ist mein Gemüse' kochen."

„Haha, ja, das passt."

„Absolut." Sie drückt mir die Salatschüssel in die Hand und ich mache mich damit auf den Weg ins Esszimmer. Viel zu spät sehe ich Derek, leider ist es dann auch schon passiert. Wir rasseln aneinander, die Schüssel fliegt im hohen Bogen davon und knallt auf die Fliesen.

„Verdammt!", fluche ich. Rose eilt aus der Küche herbei, ich höre ihre klappernden Schritte auf uns zukommen. Zeitgleich gehe ich mit Derek in die Knie, um zu retten, was nicht mehr zu retten ist.

Dressing rinnt über den Boden und überall liegen Salatblätter verstreut. Als unsere Blicke sich treffen, bleibt die Welt einen Moment um uns herum stehen.

Das Graublau seiner Iriden fasziniert mich immer wieder aufs Neue und ich kann mich einfach nicht davon losreißen. Mein Puls schnellt in die Höhe, bis ich mich doch endlich abwende, um das Malheur zu beseitigen.

„Lass nur, Tessa, Derek wird sich darum kümmern. Junge, hast du keine Augen im Kopf?", meckert sie ihren Sprössling an.

„Ich habe auch nicht richtig geschaut", wende ich kleinlaut ein.

„Ich mach das schon", murrt Derek. „Natürlich kann sie nichts dafür."

„Daddy, Daddy", ruft Tyler und stürmt aus dem Wohnzimmer auf seinen Vater zu.

„Hey, Großer." Dereks Gesichtszüge werden weicher, als er seinen Sohn sieht. „Pass auf, komm nicht her, Daddy hat was fallen lassen."

Gerade will ich etwas einwenden, aber als ich meinen Mund aufmache, schaut mich Derek mit einem resignierten Gesichtsausdruck an, der mich verstummen lässt.

Ernsthaft? So ist die Lage?

Er würde mich nach unserer Nacht lieber früher als später verschwinden sehen. Hm. Wenn ich es mir so recht überlege, dann hat sich im Vergleich zu vorher nicht wirklich was geändert. Er wollte mich von Anfang an nicht hierhaben. Tja, leider kann ich ihm den Gefallen abzureisen noch nicht tun, zumindest kann ich aufhören zu versuchen, mit ihm wie mit einem normalen Menschen umzugehen. Denn eins ist klar, auch wenn er ein Gott im Bett ist, so unmöglich benimmt er sich in allen anderen Lebenslagen.

Ohne einen weiteren Kommentar wende ich mich von ihm ab und stolpere mit meinem gekränkten Stolz in die Küche, wo Rose bereits eine neue Schüssel Salat vorbereitet.

„Schon gut, Darling", meint sie gelassen. „Was denkst du, wie oft ich um Haaresbreite einem Zusammenstoß mit Derek entgangen bin. Ich lege Wert darauf, dass die Jungs pünktlich zum Essen erscheinen, aber er ist immer in Eile. Glaub mir, du bist absolut unschuldig an dieser Misere."

„Tyler, lauf nicht da drin rum. Los, geh zur Seite", höre ich den vermeintlichen Übeltäter schimpfen.

Shit, ich könnte ihn umbringen!

„Tyler, komm doch mal her", bitte ich den Kleinen, gehe noch mal zurück und strecke ihm meine Hand hin. „Könntest du mir kurz helfen?" Derek ignoriere ich komplett.

„Helfen? Ich?"

Ungläubig pustet Tyler sich seinen Pony aus dem Gesicht und legt sein kleines Händchen in meine Finger. „Was kann ich denn machen?"

Derek blickt überrascht auf, wendet sich jedoch sofort wieder ab.

„Komm", sage ich und nehme Tyler mit in die Küche. „Hier, deine Grandma hat ganz schnell einen neuen Salat gemacht. Möchtest du ihn rüberbringen? Kannst du ihn rüberbringen?"

„Gott sei Dank hatte ich noch was vom Dressing!", meint sie und schiebt Tyler die Schüssel hin. „Ich soll das tragen? Was ist, wenn es mir auch runterfällt?" Tylers hübsche Augen sind groß und er ist ganz aufgeregt.

„Keine Sorge, wir schaffen es gemeinsam", schlage ich ihm vor und halte ihm die Schale mit dem Grünzeug hin.

Rose nickt zufrieden und fischt unterdessen die Steaks aus der Pfanne, während wir – sorgsam darauf bedacht, Derek nicht in die Quere zu kommen – ins Esszimmer gehen. Cody steht am Fenster und telefoniert. Als er hört, dass sich jemand zu ihm gesellt, dreht er sich um. Er wirkt tiefenentspannt und winkt Tyler und mir lächelnd zu. Ich neige meinen Kopf und erwidere sein Lächeln. Er beendet das Telefonat mit einem „Bis später, Süße!" und steckt sein Handy weg. Vielleicht die Krankenschwester? Zuzutrauen wäre es ihm, wenn man Rose glauben mag.

So ein Schlitzohr!

„Cody", höre ich eine rauchige, allzu bekannte Stimme hinter mir.

Derek stapft an mir vorbei zu seinem Bruder. Ich kann sein Gesicht nicht sehen, aber seinem Tonfall und der Eile nach zu urteilen, ist er immer noch genervt – oder schon wieder –, bei ihm kann man das nicht wissen. Gut gelaunt ist dieser Mann selten bis nie.

„Onkel Cody ist so tapfer", klärt Tyler mich auf. „Er hat gar nicht geweint nach der Operation."

Die Mundwinkel des Patienten biegen sich nach oben und er beugt sich zu seinem Neffen herunter. „Ich verrate dir mal was, Kumpel. Als es dunkel war und ich alleine gewesen bin, habe ich möglicherweise doch die ein oder andere Träne verdrückt. Es ist absolut nicht schlimm, wenn man mal weint."

Gott, Cody ist echt süß. Er ist so ganz anders als sein muffeliger Bruder. Leider schlägt mein Herz bei ihm nicht schneller.

Ach du Schande.

Die Erkenntnis, dass mein Herz im Spiel ist, wenn ich an Derek denke, trifft mich völlig unvorbereitet.

Fuck.

„Wirklich? Daddy sagt immer, ein Indianer kennt keinen Schmerz."

Das sieht seinem Daddy ja mal wieder ähnlich, der Junge ist gerade mal fünf geworden und er will jetzt schon einen Macho aus ihm machen. Ich beiße mir auf die Unterlippe, um nicht doch etwas dazu zu sagen. Zudem bin ich momentan mit mir selbst genug beschäftigt.

Selbstverständlich war mir klar, dass ich mich körperlich zu Derek hingezogen fühle, – sonst hätte ich wohl kaum die Nacht mit ihm verbracht. Eigentlich dachte ich jedoch, dass das der einzige Grund war.

Anscheinend nicht. Natürlich musste ich mir den falschen Bruder aussuchen. Zu meiner Verteidigung kann ich nur vorbringen, dass Cody einfach zu nett ist und nicht mein Typ. Bescheuert, dass ich nicht auf die „Guten" stehe.

Innerlich mache ich eine Notiz, dass ich dringend mal wieder einen Termin bei meinem Therapeuten vereinbaren sollte.

Cody lacht unterdessen und klopft Derek mit der gesunden Hand auf die Schulter. „Gut, dich zu sehen, Mann. Alles okay nach dem Blizzard?"

„Ja, logisch. Alles im Griff. Ich habe doch gesagt, du sollst dir keine Gedanken machen."

„Gut, das freut mich."

„Essen!", verkündet Rose und bringt Steaks und Kartoffeln auf den Tisch. „Setzt euch, bevor es kalt wird."

Brav nehmen wir unsere Plätze ein und Rose füllt jedem auf.

„Guten Appetit", wird sich gegenseitig gewünscht, und wir fangen an zu essen, nur Cody stochert auf seinem Teller herum.

„Soll ich dir das Fleisch schneiden?", fragt seine Mom ihn schließlich.

Er beißt die Zähne aufeinander. „Wenn es sein muss. Morgen hätte ich gerne Hackbällchen", grummelt er verlegen.

Ich kann mir ein Kichern nicht verkneifen. „Männer!"

Rose sieht mich nach dem Motto *Hab ich es dir nicht gleich gesagt* an.

„Jetzt merkst du es, Tessa. Ich bin hilflos. Völlig hilflos." Codys Grinsen ist absolut entwaffnend und ich kann mir gut vorstellen, wie er das Pflegepersonal im Krankenhaus dazu gebracht hat, alles für ihn zu tun. Er ist attraktiv und im Gegensatz zu seinem Bruder überhaupt nicht wortkarg oder launisch. Tja, bedauerlicherweise ist der Funke bei mir nicht übergesprungen, bei ihm offenbar auch nicht, er behandelt mich eher wie eine Schwester.

Ganz und gar nicht geschwisterlich ist das Verhältnis zu dem anderen Bruder, was es nicht besser macht. Mit Derek werde ich meine Zeit jedenfalls nicht länger verschwenden. Wie üblich sagt er kaum ein Wort – auch nichts Neues – und verschlingt sein Steak im Nullkommanichts.

„Hast du das auch den Krankenschwestern erzählt?", frage ich Cody, weil es mich nun doch interessiert, ob er vorhin vielleicht mit der vermeintlichen Dame gesprochen hat, und ich mich damit ein bisschen von Derek ablenken kann.

„O ja. Das habe ich. Aber leider hatte die Tagschicht immer eine Endfünfzigerin, die so hoch wie breit war."

„Ach, du hast mein Mitleid." Ich kichere hinter vorgehaltener Hand.

„Muss man sich mal vorstellen, Tessa", mischt sich Rose nun ein. „Der Junge ist frisch operiert, hat noch sein OP-Hemdchen an und genießt es, sich stattdessen von der Nachtschicht *frischmachen* zu lassen."

Ich sehe sie mit hochgezogener Augenbraue an.

„So war es nicht, Mom", verteidigt sich Cody mit vollem Mund. „Sie hat mich wirklich ... gewaschen."

Rose beugt sich näher zu mir. „Glaub ihm kein Wort, ich habe die beiden quasi in flagranti erwischt."

Ich verschlucke mich an meinem Wasser und huste.

„Mom!" Cody schaut seine Mutter eindringlich an. Ich winke ab.

„Schon gut, ich bin nicht so zart besaitet, wie mancher hier glaubt."

Derek hebt seinen Kopf und sieht mich mit zusammengekniffenen Augen an.

„Das dachte ich auch nicht." Cody spießt ein Stück Fleisch auf seine Gabel. „Aber ... es ist einfach nicht so gewesen."

„Ja, ja." Rose macht eine wegwerfende Handbewegung. „Der Junge ist ja auch alt genug, aber für mich ... Das muss man sich mal vorstellen, da kommt man ins Krankenhaus, weil man sich Sorgen um sein Kind macht ..."

„Mom", warnt Cody sie erneut.

„O-kay", erwidert Rose langgezogen. „Noch jemand Salat?" Lächelnd reicht sie die Schüssel und bietet jedem noch etwas an.

Beim Stichwort Salat rutsche ich auf meinem Stuhl hin und her. Der Zusammenstoß mit Derek ist mir noch lebhaft in Erinnerung.

Wie alles andere auch.

Leider gelingt es mir nicht so gut wie ihm, die letzte Nacht abzuhaken.

„Cody", versuche ich es noch einmal mit Konversation. „Wie lange musst du die Schlinge tragen?"

„Paar Tage. Nächste Woche Fäden ziehen und dann bin ich ganz schnell wieder der Alte."

„Nimm es nicht auf die leichte Schulter, Junge."

Er brummt etwas Unverständliches – das können also beide Brüder ganz gut – und nimmt sich mit der gesunden Hand mehr Kartoffeln.

„Tessa, wie sieht es aus? Hast du Lust, morgen noch einmal einen Ausritt zu machen? Mit dem vielen Schnee ist es atemberaubend schön hier. Das sage ich nicht nur, weil ich hier lebe", fragt mich Cody.

„Das ist eine sehr gute Idee", lobt Rose ihren Jüngsten.

„Äh, wieso nicht? Kannst du denn schon wieder reiten?" Ich runzele die Stirn und streiche mir eine Strähne hinters Ohr.

„Nein, ich nicht, aber Derek hat sicher nichts dagegen, dich noch einmal mitzunehmen. Dieses Mal wird er dir auch ein ... pflegeleichteres Pferd geben, nicht wahr, Bruderherz?"

Derek atmet scharf ein. „Was denn, sie ist doch gut klargekommen."

„O ja, das haben wir alle noch deutlich vor Augen." Cody lacht. „Derek Hawkins – von einer Frau geschlagen."

„Ach, hör doch auf", knurrt Derek und nimmt sich noch ein halbes Steak. Wahnsinn, was der Kerl verdrücken kann.

„Schon gut", mische ich mich ein. „Derek hat sicher zu tun, es ist nicht nötig ..."

„So ein Quatsch, du bist den ganzen weiten Weg hierhergekommen, dann gab es einen Schneesturm und ich konnte mich auch nicht so, wie ich wollte, um dich kümmern. Natürlich wird Derek sehr gerne noch einmal mit dir ausreiten. Das ist das Mindeste! Derek?", wendet sich Cody an seinen Bruder.

Dieser fährt sich mit der Hand über das Kinn und nickt schließlich zögerlich. „Klar, Mann. Selbstverständlich reite ich mit Tessa aus. Sie ist ganz passabel im Sattel."

„Ganz passabel?", wiederhole ich und blinzele ungläubig. „Mein Lieber, ich habe dich eins A stehen gelassen mit deinem Hengst!"

„Das war nur Glück, ich war unaufmerksam."

„Haha." Ich lache sarkastisch. „Mein Gott, er kann die Niederlage immer noch nicht zugeben. Das muss man sich mal vorstellen!"

Cody und Rose stimmen in mein Lachen mit ein, nur Derek schaut bedröppelt durch die Wäsche.

„Nimm es nicht so schwer, Mann." Cody klopft seinem Bruder auf die Schulter. „Soll in den besten Familien vorgekommen sein."

Er grinst seine Mom an und sie lächelt breit. Ich kapiere nicht, was er meint, und Rose springt für ihn ein. „So habe ich seinerzeit meinen Joe überzeugt, dass ich doch die Richtige für ihn bin. Letzten Endes hat er einsehen müssen, dass eine Frau durchaus mal schneller sein kann. Aber das trifft so ein Cowboy-Ego schon hart." Sie lacht und ich sehe sie schief an.

„Du reitest auch?"

„Manchmal, ja. Wenn man Pferde nicht liebt, hat man auf einer Ranch wie dieser nichts zu suchen, Darling. Allerdings bin ich mittlerweile eher ein Schönwetter-Reiter geworden. Ich muss das nicht mehr zehn Stunden am Tag haben."

„Klar, das verstehe ich gut."

„Tyler", ruft Derek. „Zeit fürs Bett!"

Der Kleine hat sich unbemerkt vom Tisch gestohlen und seine Antwort kommt prompt aus dem Wohnzimmer.

„Nö, noch nicht, Daddy. Bin nicht müde."

Derek legt seine Serviette beiseite und schiebt seinen Stuhl zurück. „O doch, es ist schon spät."

Ich höre ein kindliches Schnauben und stampfende Schritte. „Aber dann will ich, dass sie mir was vorliest."

Tyler deutet auf mich und verschränkt die Arme vor seiner kleinen Brust. Er pustet sich den Pony aus der Stirn und versucht böse zu gucken. Natürlich gelingt es ihm überhaupt nicht und ich muss herzhaft lachen.

„Okay, kann ich gerne machen", mische ich mich ein.

„Das ist nicht nötig", kommentiert Derek. „Das kann ich genauso gut."

„Ich will aber Tessa!", protestiert Tyler.

„Nun lass den Jungen doch", lenkt Rose ein, steht ebenfalls auf und sammelt die schmutzigen Teller ein.

„Tessa hat sicher was anderes zu tun, als Tyler was vorzulesen."

„Nein, eigentlich habe ich zufällig nichts Besseres vor. Ich würde ihm sehr gerne eine Geschichte vorlesen, wenn ich darf?" Unsere Blicke treffen sich, zunächst wirkt er skeptisch, überraschenderweise nickt er dann. „Von mir aus. Aber nur eine."

„Jaaa, Daddy!" Tyler springt auf seinen Dad zu und klammert sich dankbar an seinem Bein fest, läuft dann weiter zu mir und nimmt meine Hand. „Komm, ich zeige dir mein Zimmer."

14

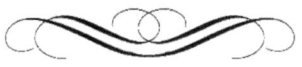

DEREKS UND TYLERS Wohnbereich ist viel größer, als ich ihn mir vorgestellt habe. Tatsächlich ist es eine ganze Wohnung, mit Bad, Küche, Wohnzimmer und zwei sehr großen Schlafzimmern. Im Moment stehe ich in ihrer Küche und suche nach einem Glas. Tyler sagte, er hätte Durst. Leider muss ich feststellen, dass es zwar Geschirr gibt, aber keine Lebensmittel oder Getränke, die für Kinder geeignet wären. Der Kühlschrank ist – bis auf Bier, Ketchup und Saft – leer.

„Wir gehen meistens nach unten, wenn wir was wollen", höre ich Dereks rauchige Stimme hinter mir und zucke zusammen.

Ich schließe die Kühlschranktür und drehe mich zu ihm. „Wenn er die Zähne schon geputzt hat, sollte er ohnehin nur noch Wasser trinken", ergänzt Derek kühl.

Von ihm werde ich mir die Laune nicht verderben lassen, auf gar keinen Fall. Deswegen versuche ich es mit einer freundlichen Antwort.

„Euer Haus ist weitläufiger, als ich gedacht habe. Wahnsinn, alleine euer Wohnbereich ist doppelt so groß wie die meisten Apartments in Shanghai."

Dereks Blick wird unergründlich. „Es war anders geplant, als wir gebaut haben, nun ist es so. Du hast eine Wohnung in Shanghai?"

„Ja, ich habe auch eine in New York, weil ich sehr häufig dort bin. Ich mag Hotels nicht besonders."

Er verschränkt die Arme und lehnt sich an den Türrahmen. „Jetsetleben, hm?"

„Warum klingt das aus deinem Mund immer so … abfällig?", frage ich leise.

Er hat mich von Anfang an als Tussi abgestempelt. Oberflächlich gesehen, ja, da wirke ich vielleicht wie ein It-Girl, ein Supermodel, das ständig unterwegs ist und nur auf sein Aussehen achtet. Das ist schließlich mein Job, Klappern gehört zum Handwerk. Ich muss mich auf den sozialen Medien präsentieren, das hat mit mir als Privatperson aber rein gar nichts zu tun.

Wenn man, oder er, sich einmal die Mühe machen würde, hinter die Glamour-Fassade zu schauen, würde ihm schnell auffallen, dass ich ein bodenständiger Familienmensch bin.

Ich liebe meine Schwestern, meinen Dad und meine Oma und bin überhaupt nicht abgedreht oder exzentrisch. Nach allem, was uns Prescotts widerfahren ist, halten wir zusammen, – auch wenn wir uns nicht permanent sehen. Es ist jedoch sinnlos, das Derek erklären zu wollen, denn ganz offensichtlich hat er sich seine Meinung über mich längst gebildet. Mir sollte außerdem egal sein, was er über mich denkt.

„Teeeessaaaaaa!", höre ich Tyler nach mir rufen. Ich bin beinahe erleichtert, dass ich Derek aus dem Weg gehen kann.

Schnell fülle ich ein Glas mit Leitungswasser, schlüpfe an Derek vorbei und laufe zurück ins Kinderzimmer. Tyler hat es sich schon in seinem Bett bequem gemacht und ein Buch auf seinen Beinen aufgeschlagen.

„Wow, das sieht ja gemütlich aus." Ich kichere und knie mich neben sein Bettchen.

„Gefällt dir mein Zimmer?", fragt mich der Kleine.

„Ja, es ist wahnsinnig toll. Ist dein Bett ein Rennauto."

„Es ist nicht irgendein Rennauto", klärt er mich mit sehr ernstem Gesichtsausdruck auf. „Das ist Lightning McQueen!"

„Wer?"

„Lightning McQueen", wiederholt er noch einmal sehr langsam, dass ich es endlich kapiere. „Aus Cars", ergänzt er.

Ich schmunzele. „Ach, tatsächlich?"

„Ja! Wenn ich groß bin, will ich mal genauso ein Auto wie das."

„Kein Pferd?"

„Pferde sind so ... lahm. Außerdem habe ich doch schon einen Hengst."

Herrlich. Kinder sind so gnadenlos ehrlich. „Soll ich jetzt eine Geschichte für dich lesen?"

„Kannst du dich neben mich legen? Grandma und Daddy machen das immer so."

Ich weiß nicht, ob das bei seinem Dad so gut ankommen würde. Immerhin bin ich nur ein Gast und übermorgen wieder weg.

„Bitteeeee, liebe Tessa." Der Junge hat es jetzt schon voll drauf, das weibliche Geschlecht zu bezirzen. Wenn er sich das bis ins Teenageralter bewahrt, werden ihm alle Mädels zu Füßen liegen.

Ich überlege einige Sekunden und entscheide dann, dass Derek hoffentlich nichts davon mitbekommen wird. Es sind ja nur ein paar Minuten.

„Na schön." Ich klettere zu ihm, nehme ihm das Buch ab und beginne zu lesen.

Tyler hört mir aufmerksam zu, deutet ab und zu auf ein Bild und kuschelt sich an mich. Sein kleiner, warmer Körper ist so weich und er riecht so gut. Dieser Duft der Unschuld lässt mich allen Stress der letzten Tage vergessen und ich entspanne mich, zum ersten Mal vollständig, seit ich hier angekommen bin.

Was muss das für eine Mutter sein, die ihr Baby freiwillig aufgibt?

Der Gedanke drängt sich mir unweigerlich auf und ich habe Mitleid mit Tyler, auch wenn ihm noch nicht klar ist, was ihm genau entgeht. Trotzdem weiß er natürlich längst, dass bei ihm etwas anders läuft als bei anderen Kindern. Vielleicht ist es einfacher, ohne Mutter aufzuwachsen, wenn man keinen Vergleich hat. Dennoch scheint er sich nach mehr Weiblichkeit in seinem Leben zu sehnen, sonst würde er sich nicht so an mich schmiegen.

Als ich umblättere und weiterlesen will, stelle ich fest, dass er bereits eingeschlafen ist.

Vorsichtig lege ich das Buch beiseite, klettere aus dem Kinderbett und streiche ihm das Haar aus der Stirn. „Gute Nacht, Kleiner", flüstere ich und schleiche auf Zehenspitzen aus dem Kinderzimmer, schließe die Tür aber nicht, sondern lehne sie nur an. Das kleine Nachtlicht habe ich angelassen, da ich nicht weiß, ob er im Dunkeln schlafen kann, und ich nicht will, dass er sich fürchtet, wenn er aufwacht. Als ich klein war, wollte ich immer Licht um mich haben. Schaden wird es jedenfalls nicht.

Die Badezimmertür geht in dieser Sekunde auf und ein frisch geduschter Derek kommt heraus.

Tolles Timing!

Seine nassen Füße produzieren ein platschendes Geräusch auf dem Parkett. Sein Haar ist feucht, aber er trägt zum Glück Shirt und Boxershorts und ist nicht nackt. Das hätte mir noch gefehlt.

„Tyler schläft", informiere ich ihn knapp und will gehen.

Derek reibt sich verlegen über das unrasierte Kinn. „Danke."

Zwischen uns liegt die übliche Spannung in der Luft. Auch nichts Neues.

„Pass auf, Tessa...", fängt Derek an. Alleine sein Tonfall genügt, dass sich meine Nackenhaare aufstellen. Ich will gar nicht hören, was er zu mir zu sagen hat.

„Schon gut, ich wollte dir nicht länger auf den Keks gehen, bin schon weg."

Ich drehe mich auf dem Absatz um und stolziere davon. Wenn ich insgeheim gehofft habe, dass er mir folgen, mich aufhalten würde, um mich dann wieder ins Bett zu zerren, dann werde ich jetzt enttäuscht. Das Einzige, was von ihm noch kommt, ist ein gemurmeltes „Gute Nacht".

Es ist besser so, versuche ich meine Frustration abzumildern.

Bevor ich schlafen gehe, halte ich mich noch eine Weile mit Instagram auf, lade Bilder hoch, kommentiere und like einige Beiträge. Die Flut an Kommentaren und Likes zu meinen eigenen Uploads nimmt nicht ab, im Gegenteil, mein Account scheint förmlich zu explodieren.

Krass.

Im Anschluss beantworte ich noch einige Emails. Die Japaner haben meinen Reiseplan erhalten und alles ist organisiert. Bald hat mich mein normales Leben wieder, momentan finde ich den Gedanken jedoch seltsam abwegig, abzureisen und weiterzumachen, als wäre nichts gewesen. Irgendetwas hat sich in mir verändert. Plötzlich frage ich mich, ob das bisher alles gewesen sein soll. Ob es nicht doch mehr gibt als nur Reisen, Arbeiten, hier und da eine Party oder ein Event auf dem roten Teppich.

Durch den Blizzard musste ich meinen Alltag gezwungenermaßen entschleunigen, was mich zunächst wahnsinnig gestört hat. Jetzt kann ich durchaus Vorteile darin erkennen, nicht immer nur Schema F abzuspulen. Man hat viel mehr Zeit für das Wesentliche ... Was ist eigentlich das Wesentliche?

IN DIESER NACHT schlafe ich unruhig, träume unzusammenhängende, wirre Dinge mit einem düsteren Cowboy in der Hauptrolle. Als ich in der Dämmerung aufwache, bin ich schweißgebadet. Stöhnend setze ich mich auf und schaue auf die Uhr meines Smartphones. Es ist gerade mal kurz nach sechs. Viel zu früh, um aufzustehen, also. Ich drehe mich noch einmal um und noch einmal und noch einmal.

Es nützt nichts, ich bin wach und mein Pyjama ist klamm, was mich von allem am meisten stört. Müde hieve ich mich aus den Federn und schlurfe ins Bad, wo ich lange und heiß dusche, bevor ich mit noch feuchten Haaren nach unten gehe und Kaffee koche. Es ist still im Ostflügel, offenbar haben die anderen einen gesunden Schlaf und tigern nicht wie ich in aller Herrgottsfrühe durch die Flure.

Meine letzten vierundzwanzig Stunden auf der Newfall Ranch brechen an, morgen muss ich zeitig raus. Mein Flug von Kansas nach Tokyo geht am Vormittag. Eigentlich sollte ich mich freuen, aber neben der Vorfreude auf meinen Job gibt es noch etwas anderes, etwas, das mich an meinem bisherigen Lebensstil zweifeln lässt.

Ich schüttele leicht den Kopf, um diese albernen Gedanken zu vertreiben.

Mein Gott, ich bin siebenundzwanzig Jahre alt und stehe mit beiden Beinen im Leben, meine Karriere ist auf ihrem Höhepunkt und meine biologische Uhr tickt noch lange nicht ... oder doch? Ist es das?

Nein, das ist doch albern. Es muss Heimweh sein. Meine Familie fehlt mir. Sonst nichts.

Als ich die Kaffeemaschine zum Laufen gebracht habe, höre ich Schritte.

„Guten Morgen", grüßt mich Derek, der Tyler Huckepack trägt. „Schon wach?"

„Konnte nicht mehr schlafen", brumme ich in Dereks Richtung und lächele Tyler an. Mein Tonfall schraubt sich beinahe eine ganze Oktave höher, als ich ihn anspreche. „Hey, Kleiner, hast du was Schönes geträumt?"

„Gut", macht er und gähnt.

„Hat dich dein Daddy geweckt?"

„Natürlich nicht", widerspricht Derek. „Tyler ist zwar ein Frühaufsteher, das heißt aber noch lange nicht, dass er kurz nach sieben schon viel reden möchte."

„Na, da ist er ja ganz der Papa, nicht?", erwidere ich mit einem sarkastischen Unterton. Ich habe es nicht so fies gemeint, wie es rübergekommen ist.

Na ja, oder doch, ja. Habe ich.

„Für ihn ist es ohnehin besser, wenn er mehr von der väterlichen Seite hat."

Es ist das erste Mal, dass er – zumindest indirekt – etwas über seine Ex-Frau sagt. Oder seine Partnerin. Ich weiß nicht mal, ob sie verheiratet waren.

Verdammt, es sollte mir egal sein, *er* sollte mich nicht interessieren. Mir ist bewusst, dass eine einzige Nacht mit jemandem nicht mein Leben verändern kann, dennoch sehne ich mich plötzlich nach etwas, das ich bislang nicht vermisst habe.

Schweigend beobachte ich Derek, wie er Tyler auf einem Stuhl absetzt, eine Schüssel aus dem Schrank holt und goldgelbe Cornflakes hineinschüttet. Ein leises, raschelndes Geräusch erfüllt den Raum, als sich das Schälchen mit den Frühstücksflocken füllt.

Dereks sinnlicher Mund ist zur Abwechslung mal nicht zu zwei schmalen Strichen zusammengepresst, er wirkt relativ entspannt und … locker.

Ja, das ist es.

Zum ersten Mal habe ich den Eindruck, dass er sich von meiner bloßen Gegenwart nicht belästigt fühlt.

Ich bin mir nicht sicher, ob das gut oder schlecht ist. Gleichgültigkeit war doch noch nie gut, oder?

Im Grunde genommen ist es völlig egal, denn morgen werde ich verschwinden und ihn nie wiedersehen, Tyler nicht und auch nicht Rose und Cody. Seltsamerweise stimmt mich der Gedanke traurig.

„Milch", bittet Tyler seinen Dad, der gedankenverloren aus dem Fenster gestarrt hat. Was wohl ihn ihm vorgeht?

Verdammt. Ich habe ein ernstzunehmendes Problem. Meine Gefühle haben sich – nach meinem Körper – verselbstständigt. Ich bin wirklich selten dämlich. Mit fahrigen Bewegungen kralle ich mir eine Kaffeetasse und gieße mir was vom durchgelaufenen Kaffee ein.

„Passt dir zehn Uhr für den Ausritt?", fragt Derek mich unvermittelt und seine graublauen Augen durchbohren mich förmlich.

„Sicher", gebe ich achselzuckend zurück und verlasse die Küche im Stechschritt. Ich muss jetzt alleine sein und nachdenken.

Etwas später, ich bin gerade im Wohnzimmer und suche nach dem angefangenen Buch, klingelt mein Telefon.

„Hey, Granny", beantworte ich den Anruf, nachdem ich ihren Namen im Display gelesen habe.

„Kind, wo steckst du nur? Tagelang kann man dich nicht erreichen."

Ich lache. „Bin noch in den USA, es gab schlechtes Wetter."

„Das weiß ich doch, aber ... warum bist du immer noch dort?"

„Vermisst du mich?"

„Natürlich, Tessa. Immerhin habe ich euch großgezogen. Wann sehe ich dich?"

„Bald, ich kann es auch kaum erwarten aufzubrechen", lüge ich.

„Wo bist du noch mal?"

„Kansas. Irgendwo im Hinterland, hier gibt es weit und breit gar nichts."

„Schrecklich."

Eigentlich finde ich es gar nicht schrecklich, sondern sehr erfrischend und befreiend, einmal keine Wolkenkratzer zu entdecken, wenn ich aus dem Fenster schaue.

„Hm. Ja, Granny."

„Also muss ich mir keine Sorgen machen, dich an einen Amerikaner zu verlieren?"

Ich lache spitz auf. Wie sie nur auf so einen Mist kommt? Als ob meine Oma einen siebten Sinn hätte. Andererseits, den Spruch habe ich gefühlt hundertmal aus ihrem Mund gehört. Von allen Nationen scheint sie die Amis am wenigsten zu mögen.

„Ganz sicher bringe ich dir keinen Cowboy mit nach Hause, Granny."

„Gut, Kind. Dann bis bald. Wollte nur hören, ob es dir gutgeht."

„Alles bestens, Granny", gebe ich vermutlich wenig glaubwürdig zurück. Sie geht glücklicherweise nicht darauf ein.

Wir verabschieden uns kurz und legen auf. Als ich mich umdrehe, bemerke ich, dass Derek im Flur steht und mich anstarrt. Als unsere Blicke sich treffen, wendet er sich ab und schlurft davon.

Scheiße, wie viel hat er mitbekommen?

15

DIESER AUSRITT ist völlig anders als der erste. Ich sitze auf einer fügsamen Stute, die dennoch außerordentlich aufmerksam ist. Ihr Trab ist butterweich und ihr Galopp wiegt mich wie ein Schaukelstuhl. Die Schneelandschaft um uns herum ist atemberaubend.

Heute scheint zum ersten Mal seit Tagen die Sonne an einem strahlend blauen Himmel, den kein Wölkchen trübt. Es ist klirrend kalt, aber ich bin warm eingepackt und friere deshalb nicht. Außer im Gesicht, aber das nehme ich gerne in Kauf, denn das hier ist ein einmaliges Erlebnis und mit keinem Ausritt zu vergleichen, den ich je gemacht habe.

Sogar Derek ist erträglich, es ist, als hätte er über Nacht einen Schalter umgelegt. So still und umgänglich habe ich ihn noch nie erlebt.

Seltsam, aber ich will mir jetzt nicht den Kopf über ihn zerbrechen, sondern den wundervollen Moment genießen. Kaum zu glauben, dass ich in Kürze wieder in einem Flugzeug den halben Globus umkreisen werde.

„Kannst du noch oder sollen wir umdrehen?", reißt mich Dereks rauchige Stimme aus meinen Überlegungen.

Wir sind schon ewig unterwegs und allmählich fängt meine Kehrseite tatsächlich an zu schmerzen. Ich sitze leider viel zu selten im Sattel, andererseits – wann komme ich noch einmal dazu, durch Kansas' Wildnis zu reiten?

„Nur noch ein Stück."

„Bist du sicher? Du hältst dich tapfer." Die Anerkennung in seinem Tonfall klingt echt.

Ich werfe ihm einen irritierten Seitenblick zu. Derek bildet eine lässige Einheit mit dem Rappen. Im Weiß der Winterlandschaft wirken die beiden dunklen Gestalten wie aus einer anderen Welt. So langsam frage ich mich, ob er mich beim ersten Ausritt vielleicht einfach hat gewinnen lassen. Es ist nicht abzustreiten, dass er viel geübter ist als ich.

„Hast du wirklich verloren?", platze ich mit meiner Vermutung heraus.

„Was meinst du?"

„Das Wettrennen, meine ich. Hast du absichtlich verloren?"

Er lacht rau. „Was denkst du denn? Dass ich mich bewusst zum Gespött auf meiner Ranch mache?"

Wir reiten eine Weile schweigend nebeneinander her. Erst viel später wird mir klar, dass er meine Frage dennoch nicht beantwortet hat, aber jetzt erscheint es mir albern, noch weiter darauf herum zu kauen, also hake ich es ab.

„Lass uns einen Augenblick absitzen und den Pferden eine Pause gönnen, aber nicht zu lange, sonst kühlen sie aus", schlägt er vor.

Ohne auf eine Antwort zu warten, bringt er seinen Rappen zum Stehen und springt geschmeidig aus dem Sattel. Meine Beine sind doch ganz schön steif, bemerke ich, als ich versuche, ebenso graziös abzusteigen wie mein Begleiter. Mein Bemühen misslingt leider komplett.

„Warte, ich helfe dir." Mit wenigen Schritten ist er bei mir, umfasst meine Taille und hebt mich zu sich herunter. Ich stehe vor ihm und sehe zu ihm auf, das genügt, um die Schmetterlinge in meinem Bauch aufflattern zu lassen. In seinen Augen liegt kein Spott, kein Ärger, dafür aber etwas Unergründliches, das mein Herz höher schlagen lässt. Und dann räuspert er sich, nimmt seine Hände von mir und wendet sich ab.

Wir verbringen einige Minuten schweigend, keiner weiß anscheinend, was es noch zu sagen gäbe.

„Sollen wir weiter?", frage ich schließlich und er stimmt mir zu.

„Kommst du alleine rauf?"

„Klar." Ich will mir nicht schon wieder von ihm helfen lassen, aber er ist schneller. Derek hebt mich in den Sattel, als wäre ich eine Feder. Ich bin überrascht über diese unangekündigte Berührung. Über meine Lippen kommt nur ein kurzes „Oh", und dann ist es auch schon vorbei.

„Ein wenig mehr Fleisch auf den Rippen könnte dir nicht schaden", murrt er, während er selbst aufsteigt.

„Wie bitte?"

„Man kann jeden einzelnen Knochen an dir zählen."

Ich atme geräuschvoll aus. „Und?"

„Ein Windstoß und du fliegst um."

„Sehr witzig", zische ich und gebe meiner Stute zu verstehen, dass sie losgehen darf.

NACH DEM AUSRITT verschwindet Derek sehr schnell mit den beiden Pferden und murmelt etwas von wegen, er müsse sie versorgen ... Futter und so. Mir ist klar, dass er mir aus dem Weg gehen will. Ist auch in Ordnung, immerhin haben wir heute viele Stunden miteinander verbracht, – auch wenn wir uns auf dem Rückweg nur sporadisch unterhalten haben. Zwischen uns hat sich definitiv etwas verändert. Wenn ich nur wüsste, was.

„Hey Lady", höre ich die Stimme des Ranch-Managers Bill. „Geht's gut?"

„Ja, und selbst?" Ich lächele ihn an.

Er tippt sich an den Stetson und hält mir eine Packung Lucky Strike hin. „Möchten Sie eine?"

„Ich dachte immer, ihr Cowboys raucht Marlboro", scherze ich und schüttele den Kopf. „Danke, aber ich rauche nicht. Schlecht für den Teint."

„Marlboro ist nicht mein Geschmack."

„Rauchen ist ohnehin ungesund."

„Alles, was Spaß macht, ist ungesund. Burger, Fritten, Frauen ..."

„Wieso Frauen?"

„Die machen einem nur Ärger."

„Sind Sie nicht verheiratet?"

„Nicht mehr, seit drei Jahren geschieden. Glücklich geschieden."

„Äh, herzlichen Glückwunsch?"

„Schon gut, Lady. Also keine Zigarette?"

„Nein, danke."

Er steckt sich eine zwischen die Lippen und holt sein silbernes Zip-Feuerzeug aus der Tasche, um sie sich anzuzünden.

„Sie sind zäher, als sie mit Ihren fünfundvierzig Kilo aussehen, Lady."

Er setzt sich auf einen Strohballen hinter uns und spuckt neben sich aus.

„Danke, aber wieso reitet heute jeder auf meinem Gewicht herum?", gebe ich leicht irritiert zurück. „Falls es Sie beruhigt, ich wiege deutlich mehr als fünfundvierzig Kilo."

Er lacht rau. „So habe ich es nicht gemeint, Lady."

„Nicht?"

„Sie sind die Erste, seit... na ja, egal. Jedenfalls scheint der Boss Sie zu mögen."

Er zeigt mit einer Kopfbewegung auf Derek, der einen Fuchs mit sich führt und in dieser Sekunde zu uns herübersieht, als ob er spüren würde, dass wir über ihn reden.

„Haha, das denke ich nicht." Ich kichere.

„Warum sonst sollte er Sie für fünf Stunden mitnehmen? Er hätte Sie locker nach dreißig Minuten wieder hier abliefern können. Glauben Sie mir, da ist er eiskalt, wenn ihm jemand nicht in den Kram passt."

Ich sehe Bill mit großen Augen an, muss das Gesagte aber erst mal für mich verarbeiten, ehe ich es kommentieren könnte. Außerdem, jetzt, wo er sagt, dass wir so lange unterwegs waren. Ich muss mal. Dringend.

„Ist klar, Bill", lache ich. „Schönen Tag noch!"

„Ihnen auch, Lady. Ihnen auch."

Wenn mein Körper nach dem ersten Ausritt schon gelitten hat, so ist das kein Vergleich, wie ich mich aktuell fühle. Mir tut buchstäblich alles weh, als ich wenig später in die Badewanne steige.

Auch danach geht es meinen Muskeln und meinem Hintern nur marginal besser. Dafür habe ich einen Bärenhunger. Glücklicherweise hat Rose das geahnt und das Abendessen früher hergerichtet. Derek erscheint nicht zu Tisch, sie meint, er hätte noch zu tun.

Das Essen ist lecker, aber irgendwie fehlt etwas.

Jemand.

Ich bin dämlich.

„Liest du mir nachher wieder was vor?" Tyler schaut mich mit seinen hübschen großen Augen an und pustet gleich dreimal gegen seinen Pony.

„Ty, ich weiß nicht, Tessa ist wahrscheinlich müde", wendet Rose vorsichtig ein.

„Nein, ist schon okay, ich mache das sehr gerne." Ich lächele ihr aufmunternd zu.

„Du wirst bestimmt mal eine ausgezeichnete Mutter", sagt sie zu mir und ich spüre, dass ich rot werde.

„Hör nicht hin, Tessa", mischt sich Cody ein. „Wenn es nach ihr ginge, müssten hier mindestens zehn Enkelkinder herumlaufen … Nun fängt sie schon bei dir an."

„Schon in Ordnung", sage ich. „Meine Großmutter sieht das übrigens ähnlich. Sie jammert seit Jahren, dass wir endlich heiraten und Kinder in die Welt setzen sollen."

„Scheint mir eine kluge Frau zu sein." Rose lacht.

„Ja, sie ist toll. Unsere Granny war immer für uns da, ist sie heute noch." Ich gähne hinter vorgehaltener Hand. Der Ausritt hat mich doch ganz schön erschöpft.

„Bist du sicher, mit dem Vorlesen, meine ich?", wendet Rose sich mit gerunzelter Stirn an mich. „Du musst es wirklich nicht …"

„Quatsch, ich finde es schön. Es macht mir Spaß. Außerdem muss ich doch wissen, wie die Geschichte weitergeht." Ich zwinkere Tyler zu, der seinen Teller von sich schiebt und aufspringt.

„Das ist dann wohl das Zeichen für den Aufbruch." Ich zucke mit den Schultern und muss lachen.

„Brauchst du Hilfe?"

„Nein, wir kommen klar, nicht wahr, Kleiner?"

Er nickt und strahlt mich an. Ich reiche ihm meine Hand, er legt seine Fingerchen in meine und wir gehen gemeinsam nach oben.

16

Etwas rüttelt an mir. Ich will nicht aufwachen, sondern mich umdrehen, um weiterzuschlafen. Aber irgendwas stimmt nicht, es ist, als wäre ich irgendwo eingepfercht.

„Hey", flüstert eine raue Stimme an meinem Ohr.

Erschrocken reiße ich die Lider auf und schaue direkt in Dereks Gesicht. Neben mir liegt Tyler und schnarcht leise.

Verschlafen reibe ich mir die Augen und blinzele noch ein paarmal, bevor ich kapiere, was los ist.

„Oh!", stöhne ich, als ich versuche aufzustehen. Mir tut wirklich alles weh.

Derek lacht unterdrückt und reicht mir seine Hand. Ohne zu zögern lasse ich mir auf die Beine helfen.

„Du bist eingeschlafen", stellt er amüsiert fest.

„Ja, tut mir leid. Ich weiß auch nicht. Auf einmal …"

Verlegen trete ich von einem Fuß auf den anderen, bis wir uns im Flur wiederfinden und uns gegenüberstehen.

„Schon gut, danke, dass du Tyler was vorgelesen hast. Er mag dich."

„Ich mag ihn auch. Aber jetzt habe ich mich noch gar nicht von ihm verabschiedet. Morgen gehe ich …"

Ich blicke zu Derek auf und ein Schatten huscht über seine markanten Züge.

Nach einer kleinen Pause sagt er: „Er ist dann sicher schon wach, du fliegst ja nicht vor neun, oder?"

„Ja, woher weißt du …?"

Er tritt einen Schritt zurück und fährt sich durch die Haare.

Dereks Augen ruhen auf mir, seine Lippen sind leicht geöffnet und er atmet tief durch. „Scheiße, Tessa. Es dürfte dir wohl nicht entgangen sein, dass ich auf dich stehe. Wenn du in der Nähe bist, verblasst alles um mich herum."

Wow. Mein Herz macht einen Hüpfer.

„Und morgen gehst du", fügt er leiser hinzu.

„Das macht es leichter. Absolut unkompliziert", stelle ich fest. „Keine Verpflichtungen für keinen von uns."

Er steht auf mich.

Ich stehe auf ihn.

Eigentlich ein klarer Fall.

Warum scheint es mir doch irgendwie kompliziert zu sein.

Und dann reißt er mich, ohne ein weiteres Wort, in seine Arme und lässt mich meinen letzten Gedanken vergessen. Lässt mich einfach alles vergessen, außer ihm und seinem hungrigen Kuss.

Derek drückt mich gegen die Wand und ich merke, wie erregt er bereits ist. Zähne schlagen aufeinander und unser Atem wird eins. Derek vergräbt seine Hände in meinen Haaren, während ich mich an ihm reibe. Ich keuche, als er sich noch ein Stück enger an mich presst.

„Fuck, Tessa", stöhnt er in meinen Mund, als wir den Kuss für eine Sekunde aussetzen.

Ich bin mir nicht sicher, was er damit genau ausdrücken will, aber zum Nachdenken bleibt mir nicht viel

Zeit. Vor allem, als er mich wieder küsst und unter meinen Pullover fährt, um meine Brüste zu liebkosen.

Irgendwann finden wir uns in seinem Schlafzimmer wieder. Die Umgebung nehme ich nur am Rande wahr, als er mich unter sich begräbt und mich immer drängender an sich presst.

Ich will mehr von ihm, will seine Haut auf meiner fühlen, ihn in mir spüren. Ungeduldig zerre ich an seinen Klamotten, wir atmen beide schwer, unterbrechen unsere Küsse nur ungern – und tun es nie lange. Nach und nach fallen alle Kleidungsstücke, bis wir nackt auf seinem Bett liegen. Seine Zunge hinterlässt heiße Spuren auf mir, bis sie meine Brustwarze umkreist und er beginnt, daran zu saugen.

Ich stoße einen zischenden Laut aus und vergrabe meine Hände in seinen Haaren. Ich bin nass, bin so bereit für ihn, will endlich, dass er in mich eindringt, mich ausfüllt und mir das gibt, wonach es mich am meisten verlangt.

„Hast du Kondome?", murmele ich gepresst, während er mich weiter mit Küssen bedeckt.

Er hebt seinen Kopf und sieht mich mit verhangenem Blick an.

„Nein. Hatte wenig Frauenbesuch in den letzten vier Jahren ... Um genau zu sein ... keinen einzigen."

Verdammt. Ich nehme nicht die Pille und so gerne ich Kinder auch mag, will ich jetzt nicht schwanger werden.

„Okay, okay, keine Panik. Ich kann eins holen."

Sanft winde ich mich unter ihm hervor und stehe auf.
„Aber nackt kann ich kaum gehen."

„Daddy, Daddy", ruft Tyler und ich höre patschende Schritte.

„Scheiße", sagen wir beide gleichzeitig. Ich schaffe es gerade noch, mir meinen Pulli überzuwerfen, bevor der kleine Mann ins Schlafzimmer kommt. Geistesgegenwärtig zieht Derek die Decke über seinen Unterleib.

„Tyler, Süßer, was ist los?", säuselt Derek schwer atmend.

Ich sammele derweil meine Kleidung ein und gebe Derek mit einem Blick zu verstehen, dass ich in mein Zimmer gehe.

Er nickt mir zu, wickelt sich in das Laken und nimmt Tylers Hand. „Komm, wir legen uns wieder hin."

„Kann ich nicht bei dir schlafen?", fragt er seinen Daddy müde.

„Na klar, spring rein, Kumpel."

Tyler beachtet mich im Halbschlaf überhaupt nicht, also verschwinde ich auf Zehenspitzen aus Dereks Zimmer. Wenn er wenige Minuten später aufgewacht wäre, wären wir nicht so glimpflich davongekommen. Ich schmunzele, als ich, wieder vollständig bekleidet, über den Flur ins Gästezimmer flitze, um auf Derek zu warten.

Die Zeit verstreicht und nichts passiert. Irgendwann bin ich so müde, dass ich einschlafe. Alleine.

Vielleicht ist es besser so. Das wird uns den Abschied erleichtern. Dass Derek gestern nicht mehr bei mir aufgetaucht ist, war zunächst ernüchternd. Heute, bei Tageslicht betrachtet, jedoch vernünftig. Was hätte uns eine weitere ekstatische Nacht gebracht?

Nichts.

Die Realität sieht so aus, dass ich mit meinem Koffer – den Bill für mich trägt, weil Cody nach wie vor verletzt ist – auf dem Weg zum Hawkin'schen Hubschrauber bin. Rose geht, mit Tyler auf dem Arm, neben mir her. Der Kleine jammert, dass ich nicht fliegen soll, und mir zerreißt es beinahe das Herz.

Es stimmt mich traurig, dass ich ihn enttäuschen muss, aber ich kann nicht bleiben. Derek hat sich nicht einmal die Mühe gemacht, mir auf Wiedersehen zu sagen.

Klarer kann man es nicht ausdrücken: Er ist froh, dass ich endlich weg bin. Kuss und Sex hin oder her. Es hat nichts bedeutet. Ihm jedenfalls nicht. Und auch ich werde ihn schnell vergessen, wenn ich in Kürze in meinem normalen Leben angekommen bin.

„Es tut mir leid, Tyler, ich muss wirklich abreisen."

„Kommst du denn wieder?", schnieft er.

„Ja, Tessa. Wenn du in den Staaten zu tun hast, komm doch mal vorbei. Was ist mit Thanksgiving? Niemand arbeitet an Thanksgiving."

„Das ist zu nett von euch, ja, ich besuche euch bald. Aber ich weiß noch nicht, wann."

„Vielleicht kommt sie ja mit, wenn ihr Dad kommt, um die Pferde zu sehen. Nicht, Tessa?", hilft mir Cody aus.

„Ja, genau. Vielleicht."

Ich umarme Rose und sie drückt mich fest an sich. Und dann gebe ich Tyler einen Kuss auf den Scheitel. Der Kleine weint jetzt richtig heftig und ich muss mich zusammenreißen, dass ich selbst nicht anfange zu heulen.

Was ist hier nur mit mir passiert, frage ich mich, als ich mich noch ein letztes Mal zum Haus umsehe, ob Derek nicht doch noch auftaucht.

Ich entdecke ihn oben am Fenster. Als sich unsere Blicke treffen, wendet er sich ab.

Ja. Endlich reise ich ab, füge ich bitter in Gedanken hinzu. Jetzt hast du wieder deine Ruhe.

Der Moment des Abschieds naht. Noch einmal drücke ich alle an mich und schlucke hart.

„Bis bald", presse ich mit bebender Stimme hervor. „Ihr seid eine tolle Familie."

„Wir bleiben in Kontakt, ich adde dich auf Facebook." Rose lächelt.

„Du bist auf Facebook?" Ich kann meine Überraschung kaum verbergen.

„Ja, klar. Wie soll man hier sonst mit der Welt in Verbindung sein?"

Kurz lache ich. „Das ist super! Perfekt!"

Die Hoffnung, zumindest ab und zu etwas von ihnen zu hören, gibt mir wieder Kraft und Zuversicht. Ich weiß, es ist albern, aber es stimmt. An Derek denke ich einfach nicht.

Als wir vom Boden abheben und die beiden Winkenden unter uns immer kleiner werden, kullert doch eine Träne aus meinem Augenwinkel. Cody ist so taktvoll und sieht aus dem anderen Fenster. Wir verbringen eine ganze Weile schweigend und tatsächlich, mit jedem Kilometer, den wir uns von der Ranch entfernen, komme ich meinem alten Leben ein Stück weit näher, und damit mir selbst. Die Frau, die sich mit einem mürrischen Cowboy in den Laken gewälzt hat, das war nicht ich.

Sicher werde ich Derek bald vergessen haben. Im Nullkommanichts sogar. Traurig finde ich es trotzdem, dass er nicht einmal die Größe hatte, mir Lebewohl zu sagen.

17

DER FOTOTERMIN in Tokyo war ein voller Erfolg und ich kehre einige Tage später zufrieden zurück nach Shanghai. Es ist, als wäre ich nie fort gewesen, denke ich, als ich mich für das Donnerstagsdinner mit meiner Familie umziehe.

Die größte Überraschung ist jedoch, dass ich seit meinem Kansas-Trip noch gefragter bin als zuvor. Eben habe ich mit meiner Agentin Joyce telefoniert und besprochen, dass ich bald für ein Pferde-Shooting nach Los Angeles fliegen werde. Ausgerechnet dem angesagten Newcomer unter den Designern Paolo Girotti gefällt meine neue Natürlichkeit und er sieht darin großes Potential für das Marketing seiner neuen Kollektion. Ich bin total aus dem Häuschen, kann es kaum glauben, dass meine ohnehin schon gut laufende Karriere noch einmal einen steilen Bogen nach oben nimmt. Ein Wermutstropfen bleibt dennoch, ich vermisse die Hawkins. Alle. Ausnahmslos. Auch wenn einer von ihnen ein Arsch ist.

Mit Rose bin ich nach wie vor beinahe täglich in Kontakt, sie ist eine echte Freundin für mich geworden. Mir wird erst jetzt so richtig bewusst, wie sehr meine eigene Familie mir gefehlt hat.

Als ich kurz darauf in meines Vaters Haus um die Ecke biege, treffe ich auf Granny, Megan und Ashley, die im Salon sitzen und Tee trinken. Schön, dass sich hier nichts verändert hat.

Nachdem ich sie alle herzlich umarmt habe, geselle ich mich zu ihnen.

„Was gibt's Neues?", frage ich lächelnd.

Megan und Ashley werfen sich einen wissenden Blick zu und mir wird klar, dass ich anscheinend einiges verpasst habe.

„Sie weiß es nicht", flüstert Ashley zu Megan.

„Was weiß ich nicht?", wiederhole ich und richte mich auf.

„Dad hat's ihr nicht gesagt", bestätigt Megan nun auch noch.

„Mein Gott", fahre ich ungeduldig dazwischen. „Was denn?"

„Helens Unfall", fährt Ashley leiser fort. „Sie hatte einige Medikamente im Blut, die ihre Reaktionsfähigkeit eingeschränkt haben. Dazu eins, das die Muskelspannung reduziert."

„Wirklich? Dann ist sie also nicht einfach nur gestolpert?"

„Genau." Megan nickt zögerlich. „Sie hat wohl eine Pille zu viel eingeworfen, und auch ein Gläschen getrunken, danach ist es passiert."

„Puh. Krass." Es ist enttäuschend. Dabei hatten wir uns so für meinen Dad gefreut. Helen wirkte so fröhlich, gelassen, und ich hatte gehofft, dass sie sein Leben bereichern würde, und nicht, dass sie … na ja. „Was sagt sie denn dazu?"

„Helen meinte, dass sie Probleme mit den Bandscheiben und die Tabletten vom Arzt verschrieben bekommen habe."

„Bandscheiben?"

„Ja, genau."

„Wusstet ihr davon?" Ich blicke meine Schwestern an. Megan zuckt mit den Schultern.

„Nein. Keine Ahnung."

Ashley streicht sich eine Strähne hinters Ohr. „Denkt ihr, sie nimmt die Pillen wegen was anderem?"

„Ich habe so was ja vermutet. Immerhin ist sie die Schwester eurer Mum", wirft Granny nun ein.

„Granny, ist das jetzt fair?" Ashley funkelt sie an.

Sie hebt die Hände. „Schon gut, ich dachte nur, meine Meinung wäre gefragt."

„Das ist sie doch auch", lenke ich ein. Ich will eigentlich nicht sofort wieder in die Probleme dieser Familie katapultiert werden.

„Und was sagt Dad?"

„Dad meinte, sie hätte tatsächlich gelegentlich Rückenprobleme und war deswegen in Behandlung."

„Aber so starke Medikamente und dann Alkohol dazu?" Ich runzle die Stirn.

„Sie sagte, sie hätte wohl was mit der Dosierung durcheinandergebracht." Megan verzieht den Mund. „Kann man glauben, oder nicht."

„Hm", mache ich. „Möglicherweise war es ja wirklich so. Bislang wirkte Helen nicht auf mich, als würde sie Pillen zu ihrem Vergnügen nehmen. Megan, wie geht es Hunter?", versuche ich, das Thema zu wechseln. Mir wird das alles schon wieder zu viel.

Ihre Augen blitzen auf. „Gut, sehr gut. Wir planen eine Reise nach Korea."

„Zu seiner Familie?", frage ich.

„Ja. Schon bald, aber erst nach Weihnachten."

„Wow, dann ist es also so ernst?"

Sie lächelt verlegen und ihre Wangen werden von einem zarten Rotton überzogen.

„Vielleicht hören wir ja demnächst die Hochzeitsglocken läuten", säuselt Granny und strahlt über das ganze Gesicht. „Für einen Koreaner ist er sehr nett."

Wir Schwestern lachen, bei mir schleicht sich der Gedanke ein, was sie wohl sagen würde, wenn ich ihr von einem One-Night-Stand mit einem Cowboy aus Kansas berichte?

„Was grinst du denn so?" Ashley stupst mich an.

„Ich? Nichts."

„Das Nichts kenne ich bei dir. Wie heißt er?", hakt sie nach.

„Wer? Es gibt absolut nichts zu erzählen!" Ich verschränke die Arme vor meiner Brust, so weit kommt es noch, dass ich von Ashley genötigt werde, über mein Liebesleben Rechenschaft abzulegen.

„Was hast du süße Maus im Schneesturm getrieben? Du warst ja tagelang nicht erreichbar. Hast du dich nicht zu Tode gelangweilt?"

Jetzt grinst auch Megan anzüglich.

Ich habe mich nicht gelangweilt, eigentlich habe ich in diesen paar Tagen zu mir selbst gefunden.

„Puh. Einiges. Yoga, Lesen und so was."

„Klingt nicht nach dir."

„Man muss ja auch mal abschalten!", rechtfertige ich mich schroff.

Ich bin froh, als mein Dad in den Salon kommt und ich somit der Inquisition meiner Schwestern entkomme, um meinen Vater zu begrüßen.

Als Erstes fällt mir auf, dass mein Vater blass aussieht.
„Du bist überarbeitet", stelle ich fest, nachdem ich ihn umarmt habe.
„Quatsch, Tessa. Du schaust super aus, mir scheint, der Zwangsurlaub hat dir gutgetan."
„Danke, Dad!"
„Helen fühlt sich nicht wohl, sie wird oben essen. Das Bein macht Probleme."
Granny verzieht das Gesicht, wir Schwestern hüten uns, das zu kommentieren. Vielleicht hat Helen doch mehr mit meiner Mum gemeinsam, als wir bisher geahnt haben. Wenn Mum ihre „Phasen" hatte, zog sie sich auch oft zurück. Sehr merkwürdig, das alles.

Den Rest des Abends verbringen wir ausgelassen und fröhlich und sprechen nicht mehr über die Sache mit Helen. Es ist fast wie in alten Zeiten, nur Kate und Virginia fehlen, aber sie haben heute anderweitige Verpflichtungen.
„Ich habe euch echt vermisst", sage ich, während wir unser Dessert löffeln.
Alle Augenpaare richten sich auf mich.
„Was?", frage ich.
„Ist wirklich alles okay bei dir?", erkundigt sich meine Granny mit gerunzelter Stirn.
„Ihr seid ja lustig. Natürlich! Ich bin nur ganz schön müde, der Jetlag macht mir diesmal ziemlich zu schaffen", lüge ich und verabschiede mich hastig, bevor sie wieder auf die Idee kommen, mehr von mir wissen zu wollen.

In meiner Wohnung seufze ich schwer, als ich aus meinem Fenster über die Skyline von Shanghai blicke. Ich fühle mich einsam, sehne mich nach den starken Armen eines mürrischen Cowboys.

Es ist bescheuert, aber ich vermisse Tyler, Rose, Cody – und Derek. Vor allem ihn, obwohl wir in all den Tagen kaum einen vernünftigen Satz miteinander gewechselt haben.

So war es nicht, nicht ganz. Derek hat zum Beispiel zu mir gesagt, dass er seit der Beziehung mit der Mutter von Tyler mit niemandem zusammen war. Ich war die Erste seitdem. Von Anfang an war hier jedoch klar, dass ich wieder gehen würde. Für Frauen mit meinem Job und meinem Leben hat er nicht viel übrig, daraus hat er keinen Hehl gemacht. Und doch glaube ich, dass er mich auf seine Art mochte.

Ich ihn irgendwie auch.

Vielleicht sogar ein wenig mehr als das.

Nun ist er Geschichte, ich werde ihn nicht wiedersehen und das stimmt mich melancholisch. Wie sollte es funktionieren, selbst wenn ich mir eingestehen würde, dass ich ein klitzekleines bisschen mehr für ihn empfinde?

Er wohnt in der Prärie und ich auf der anderen Seite der Welt.

Wohnungen kann man verkaufen. Mietverträge kündigen, aber eine Pferderanch? Die kann man nicht nach Shanghai umsiedeln. Das würde er auch nicht wollen.

Was ist das überhaupt für ein Mist, der sich da in meinem Hirn dreht?

Kopfschüttelnd schlurfe ich zum Kühlschrank und nehme mir ein Vitaminwasser. Es ist zum Kotzen. Egal, was ich tue, ich denke an ihn, erinnere mich an gemeinsame Momente.

Seufzend logge ich mich bei Facebook ein und scrolle mich durch Rose' Facebook Profil. Sie hat mir eine Nachricht geschrieben. Tyler hätte sich endlich damit abgefunden, dass sie ihm wieder die Gutenachtgeschichten vorliest, Cody sei fast schon wieder der Alte und Derek, … der wäre grummeliger denn je.

Dieser letzte Satz entlockt mir ein Schmunzeln. Es ändert jedoch leider nichts an den Fakten. Ich muss ihn vergessen, den Sex mit ihm vor allem.

Wenn es nur so einfach wäre, verdammt!

IN DEN FOLGENDEN TAGEN stellt sich tatsächlich wieder so etwas wie eine gewisse Normalität in meinem Leben ein. Ich kümmere mich um mein Aussehen, bereite mich auf die kommenden Termine vor und füttere regelmäßig meine Social-Media-Kanäle.

Auffällig ist, dass meine Likes, seit ich keine Bilder mehr von der Ranch poste, zurückgegangen sind. Es ist, als würden meine Follower spüren, dass ich ein Stück von mir dort gelassen habe.

Was die Hawkins wohl gerade treiben? Die Nachrichten von Rose werden kürzer und ich weiß nicht mehr, was ich fragen soll, auch wenn ich viel zu oft an die Zeit in Kansas zurückdenke.

Das ist das, womit ich gerechnet hatte. Warum, verflucht, fühle ich mich dann wie gelähmt?

Eben habe ich meinen Dad gesprochen und vorsichtig angetestet, ob er vorhat, wegen der Pferde nach Kansas zu reisen oder nicht. Leider hat er abgewunken. Er hat aktuell so viel um die Ohren und will den Besuch daher aufs Frühjahr verschieben. Ich kann mir vorstellen, dass nicht nur die Arbeit der Grund dafür ist.

Emma war gestern ziemlich genervt, als ich sie getroffen habe. Nicht wegen mir, sondern wegen der neuen „Hausherrin", wie sie Helen nannte.

Ich habe mich daraufhin kurz mit meiner Tante unterhalten, sie wirkte ganz normal auf mich, freundlich und total nett und nicht verwirrt oder depressiv. Ich verstehe das alles nicht, aber dass sie das mit den Medikamenten so durcheinandergebracht hat und sich deshalb am Ende das Bein gebrochen hat, ist schon krass. Wenn sie jetzt noch anfängt zu beteuern, dass ihr jemand die Dinger untergeschoben hätte, wird es haarig.

Ich habe das noch nicht mit meinen Schwestern besprochen, nur, wenn die Lage so wäre, dann wäre sie keine gute Partnerin für meinen Dad. Das hat Emma auch angedeutet, auf mein Nachfragen hin aber sofort das Thema gewechselt. Alles sehr merkwürdig.

Während ich weiter grübele, packe ich einige Klamotten für mein Shooting in Los Angeles ein. Wenig später ertappe ich mich dabei, wie ich die Distanz Los Angeles – Kansas googele.

„Mann, bin ich blöd", schimpfe ich mich und stecke das Handy wieder weg. Als es brummt, krame ich es sofort wieder raus.

Über den Messenger kam eine Nachricht von Rose. Und dann sag mir noch mal jemand, dass Gedankenübertragung nicht funktionieren würde …

„Hi Tessa, Thanksgiving schon was vor?"

Ich werfe einen Blick in meinen Kalender, Thanksgiving ist nächste Woche. Eigentlich könnte ich nach dem Fototermin …

Hm.

Soll ich?

Ich könnte Tyler treffen und Rose ist meine Freundin, aber brauche ich überhaupt einen Grund, damit es nicht aussieht, ich würde wegen *ihm* zurückkommen?

Natürlich ist alles nur vorgeschoben. Vor allem möchte ich Derek wiedersehen, auch wenn ich Rose und Tyler wirklich vermisse.

Andererseits habe ich ein paar Bedenken. Was ist, wenn Derek mich nicht sehen will? Das ist gar nicht so unwahrscheinlich, immerhin hat er sich nicht mal von mir verabschiedet, … ist nicht in meinem Zimmer aufgetaucht, obwohl ich die halbe Nacht gewartet habe. Das ist ziemlich eindeutig, würde ich sagen.

„Bin sowieso einige Tage in Los Angeles, komme danach gerne."

Meine Finger waren schneller als das Stimmchen im Kopf, das mir den Trip ausgeredet hätte.

Echt jetzt?

Ich verdrehe die Augen und Rose' Antwort folgt wenige Sekunden darauf. „Super, wir freuen uns sehr!"

Wir?

Wen meint sie mit „wir"?

Ich traue mich nicht zu fragen, aber mein Adrenalinspiegel steigt sofort, wenn ich daran denke, Derek bald wiederzusehen, die ganze Familie wiederzusehen.

Natürlich fliege ich nur wegen Rose und Tyler dorthin, rede ich mir ein.

Gott, ich bin eine jämmerliche Lügnerin, wenn ich es nicht mal schaffe, mich selbst zu überzeugen.

18

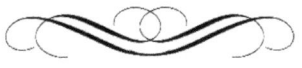

„HALLO ROSE!", rufe ich fröhlich, als ich in Kansas auf dem Flughafen auf meine Freundin zurenne, die mich mit dem Hawkins-Heli abholt.

„Du siehst super aus, Tessa." Rose umarmt mich herzlich.

„War gutes Wetter in Los Angeles." Ich lache und schmiege mich an sie.

„Womit wir dir hier nicht dienen können." Sie zeigt aus dem Fenster. „Aber immerhin ist es trocken, wenn auch Grau in Grau. Bei uns auf der Ranch ist es viel idyllischer, wir haben noch Schnee. Komm, Tyler ist schon ganz aufgeregt."

Der Kleine freut sich, aber was wird sein Daddy wohl über meinen Besuch sagen? Mein Herz pocht beim Gedanken daran, alle bald wiederzusehen.

Meine Vorfreude steigt ins Unermessliche, als ich die Ranch nach einer halben Stunde Flug aus der Entfernung erkennen kann.

„Es ist so schön hier", schwärme ich über die Kopfhörer. Rose nickt lächelnd und zwinkert mir zu.

„Freut mich, dass du das so siehst."

„Wie geht es Cody?"

„Der ist nicht zu bremsen." Der besorgte Unterton in ihrer Stimme ist nicht zu überhören. „Derek geht es auch gut, ... von seinen Launen mal abgesehen", fügt sie hinzu.

Ich sage nichts, weil ich keine Ahnung habe, was ich ergänzen sollte, und kommentiere lediglich mit einem „Hm".

Wenige Minuten später springt ein fröhlich kreischender Tyler aus dem Westflügel auf uns zu.

„Du sollst nicht ohne Jacke rausgehen", tadelt ihn seine Großmutter. „Schnell wieder rein!"

„Ich will doch nur Tessa begrüßen, wie es sich gehört."

„Schon gut, Tyler. Hallo kleiner Mann. Nimm meine."

„Tessa", jauchzt er, lässt mich ihm meinen Anorak um die Schultern legen. Der Pilot trägt meinen Koffer zum Haus und ich bedanke mich bei ihm dafür mit einem Lächeln.

Ich bin froh, dass wir gleich reingehen, so ganz ohne zweite Schicht Klamotten ist es doch ziemlich kalt. Es ist verrückt, vom kalifornischen Strand in das schneeverwehte Kansas zu reisen.

Cody kommt uns im Laufschritt entgegen und zieht mich grinsend in seine Arme.

„Willkommen zurück, Tessa. Hast du dich infiziert?"

„Hi Cody", lache ich. „Infiziert?"

„Mit der Liebe zu Kansas", erklärt er mit funkelnden Augen.

„Ja, oder so ähnlich. Rose hat mich eingeladen", erkläre ich, falls er denkt, ich wäre wegen etwas oder jemand Speziellem gekommen.

Nein, er kann es nicht wissen. Es sei denn, Derek hätte was gesagt, was ich mir kaum vorstellen kann. Der Mann ist in etwa so gesprächig wie ein Baum.

„Weiß ich doch, wir freuen uns riesig, dass du da bist, um Thanksgiving mit uns zu feiern."

„Großes Ding bei euch, hm?"

„O ja. Und jetzt komm rein", fordert mich Rose auf. „Sonst holst du dir noch eine Grippe."

Wir marschieren in den Wohnbereich der Familie, wo es erst einmal Kaffee und Kuchen gibt. Die Haushälterin ist ganz offensichtlich wieder aus dem Urlaub zurück, denn die Kaffeetafel ist reich gedeckt und Rose muss nicht mehr wirbeln, bevor wir genießen können.

„Cody, bring doch mal den Koffer rauf und sag Derek Bescheid."

„Keine Ahnung, wo der steckt", meint Cody achselzuckend. „Ich bin doch nicht sein Babysitter."

Geschwister, es ist schön zu sehen, dass es nicht nur bei uns so läuft. Meine Mundwinkel biegen sich nach oben und ich unterdrücke ein Kichern.

„Ich habe ihm vorhin gesagt, wann wir ungefähr hier sein werden. Dieser Junge", jammert sie und schlägt die Hände über dem Kopf zusammen. „Was habe ich bei seiner Erziehung nur falsch gemacht!"

„Schon gut, ich habe kein Begrüßungskomitee erwartet", versuche ich, sie zu beruhigen.

Mit einer überschwänglichen Begrüßung hatte ich wirklich nicht gerechnet, vielleicht hatte ich jedoch gehofft, dass Derek zumindest Hallo sagen würde.

Dumm von mir, ich weiß. Diese Erkenntnis gibt meiner ausgelassenen Stimmung einen ersten Dämpfer.

„Willst du dich frischmachen?"

Rose ist umsichtig und die perfekte Gastgeberin. Ich nicke.

„Ich würde mich gerne umziehen. Mein Outfit ist für die hiesigen Temperaturen doch nicht so geeignet." Ich sehe an mir herunter. Ich trage nur ein dünnes Seidenkleid und High Heels. Absolut passend für Kalifornien, aber ganz sicher nicht für den Winter in Kansas.

„Na klar, du kennst den Weg noch?", scherzt sie.

„Yes, Mam. Bis gleich, es dauert nicht lange", gebe ich lachend zurück.

Im Obergeschoss laufe ich Derek um ein Haar in die Arme.

Mein Herz stockt einen Moment. Er hat sich in den paar Wochen nicht verändert, sieht so gut und verwegen aus wie eh und je. Leider schlägt mein Magen Purzelbäume, weil mich die Begegnung bis ins Mark trifft. Natürlich war es unvermeidlich, dass wir uns treffen, – vielleicht bin ich deswegen überhaupt nur gekommen. Das würde ich jedoch niemals zugeben.

„Dann ist es kein Gerücht gewesen, dass du auf dem Weg bist", ist das Einzige, was er zu mir sagt. Und das nicht mal in einer besonders freundlichen Stimmlage.

Kein „Hallo, schön dich zu sehen", nein, gar keine Begrüßung. Ich spüre einen Kloß im Hals und muss schlucken.

„Tut mir leid, falls es dir nicht passt, Rose hat mich eingeladen."

Meine Stimme klingt mühsam beherrscht und in mir zieht sich alles vor Wut und Enttäuschung zusammen.

„So war es nicht gemeint." Derek schaut beinahe ein wenig reumütig, aber es ist zu spät. Ich bin bereits auf hundertachtzig.

„Nein, wie dann? Ach, egal, du gehst mir aus dem Weg und ich dir, dann kann nichts schiefgehen. Nicht wahr?" Meine Stimme ist so schneidend, dass ich mich selbst darüber wundere. Derek zuckt nicht mal mit der Wimper, sondern nickt nur konsterniert.

„Das wird wohl das Beste sein. Und ... lies Tyler nichts vor, er hat Tage gebraucht, bis er sich gefangen hat, nachdem du abgereist bist. Er kommt nicht so gut damit klar, zurückgelassen zu werden", entgegnet Derek schroff.

Er hat natürlich recht damit, Tyler beschützen zu wollen. Es ist meine Schuld, dass der Kleine sich schlecht gefühlt hat, und das bedauere ich. Wie so einiges andere auch ...

Ich nicke und blicke zu Boden. „Selbstverständlich. Das tut mir leid. Daran habe ich nicht gedacht."

„Nein, hast du nicht. Da warst du im Geiste schon beim nächsten Instagram-Posting."

Es tut mir weh, dass Derek so barsch mit mir umgeht. Nach der Vorfreude und der Aufregung zurückzukehren wirkt das wie eine kalte Dusche.

„Warum bist du nur so gemein zu mir?", zische ich, warte die Antwort jedoch nicht ab und stapfe zu meinem Zimmer. Vielleicht war es falsch herzukommen, ja. Aber nur, weil ich mit Derek nicht klarkomme, soll ich Rose meiden? Nein, er wird sich mit meiner Anwesenheit abfinden müssen. Und ich mich mit seiner.

In meinen dummen Mädchenträumen hatte ich mir erhofft, dass er sich freuen würde, mich zu sehen, ... dass wir die Nacht wiederholen würden, was weiß ich.

Dass das alles zu nichts führen würde, habe ich verdrängt. Ich knalle die Tür heftiger hinter mir zu als beabsichtigt.

Schnell schlüpfe ich in ein lässiges Outfit und sammele mich einen Augenblick, bevor ich wieder nach unten gehe. Innerlich wappne ich mich gegen Dereks weitere verbale Seitenhiebe.

Er ist zum Glück nicht da, als ich eintreffe, und das Kaffeetrinken mit Rose wird somit locker und entspannt.

Auch beim Abendessen lässt Derek sich mit Tyler nicht blicken. Ich traue mich nicht zu fragen, wieso. Denken kann ich es mir natürlich. Rose verliert ebenfalls kein Wort über die Abwesenheit der beiden, an ihrem Verhalten merke ich allerdings, dass es eine Diskussion gegeben haben muss. Ich weiß ja auch, wie viel Wert sie auf eine gemeinsame Mahlzeit am Tag legt. Ich kenne die Antwort, Derek will nicht, dass sein Sohn eine Bindung zu mir aufbaut, weil ich übermorgen schon wieder weg sein werde.

NACH DEM DINNER sitze ich mit Rose vor dem Kamin, den Cody für uns angezündet hat, und wir genießen ein Glas Weißwein.

„Wie habt ihr euch kennengelernt, du und dein Mann", erkundige ich mich bei Rose, als mein Blick auf das Hochzeitsfoto fällt, das auf dem Kaminsims steht.

„Wir waren zusammen auf der High-School. Joe war selbstverständlich der heißeste Typ des Jahrgangs. Breite Schultern, schmale Hüften, intensive strahlende Augen, er hat mir die Welt zu Füßen gelegt. Zwischen uns war es Liebe auf den ersten Blick. Aber ich musste ganz schön um ihn kämpfen, schließlich gab es noch mehr Mädchen, die scharf auf ihn waren." Sie schaut in die Flammen und wirkt melancholisch, als sie weiterspricht. „Ich hatte Glück und er liebte mich ebenso bedingungslos wie ich ihn. Auf dem Abschlussball hat er mir auch gleich einen Antrag gemacht."

„Wow, wie alt wart ihr da?"

„Zu jung für eine Hochzeit, also haben wir gewartet, bis wir einundzwanzig waren. Er ist die Liebe meines Lebens und fehlt mir jeden Tag."

„Es tut mir leid, Rose. Ich wollte nicht, dass du traurig bist."

„Ach, ich bin nur sentimental. Trotzdem bin ich eine glückliche Frau, weil jeder Tag mit ihm ein Geschenk war. Er hat mir außerdem zwei wundervolle Söhne geschenkt, in ihnen sehe ich ihn jeden Tag."

„Du bist noch so jung, Rose." Ich könnte selbst heulen, weil die Liebe, die Rose für ihren verstorbenen Gatten empfindet, beinahe greifbar im Raum zu spüren ist.

„Nein, ich weiß, was du sagen willst, ich werde nie mehr heiraten. Ich bin zufrieden, auch wenn ich manchmal einsam bin. Dann fliege ich in die Stadt, dort habe ich viele Freundinnen. Aber mein Zuhause möchte ich nicht aufgeben. Hier lebt ein Teil von ihm weiter. Die Ranch war sein Ein und Alles."

„Verstehe."

„Aber die Jungs ... In ihrem Alter sollten sie längst Familien haben. Zuweilen frage ich mich, wenn ich nicht wäre, ob sie dann ..."

„So ein Mist, Mom", unterbricht Cody sie, der mit einem Glas Scotch um die Ecke kommt. „Ich suche mir keine Frau, nur weil du meinst, es wäre an der Zeit. Und daran ändert auch nichts, ob du hier lebst oder nicht. Komm bloß nicht auf die Idee wegzuziehen", warnt er sie lächelnd und gibt ihr einen Kuss auf die Wange.

Rose nimmt Codys Hand und drückt sie. „Danke. Ich sollte aufhören, über die Vergangenheit zu reden, das macht mich zur jammernden alten Schachtel."

„Nicht doch. Erinnerungen sind gut und wichtig."

An meine Mutter habe ich nicht mehr viele, es ist zu lange her. Ich war gerade mal sieben Jahre, als sie verschwand. Einen Moment schweigen wir und nach dem üppigen Essen, der Wärme des Feuers und dem Wein spüre ich, wie erschöpft ich bin. Ich gähne unterdrückt.

„O mein Gott. Ich langweile dich zu Tode, Darling."

„Nein, das ist es nicht. Die Tage in L. A. waren anstrengend, solche Shootings sind kräftezehrend. Diese Termine gehen manchmal über zwölf Stunden und als Model muss ich immer auf dem Punkt *on* sein."

„Das klingt ja wirklich stressig. Dann solltest du schnell ins Bett gehen, Tessa. Cody, begleite unseren Gast bitte nach oben."

Ich winke ab. „Nein, bitte nicht. Setzt euch ... Das ist doch albern. Vielen Dank, dass ich hier sein darf, es ist so schön bei euch zu sein. Also ... gute Nacht, ihr Lieben."

Obwohl ich hundemüde bin, finde ich erst viel später in den Schlaf. Immer wieder kreisen meine Gedanken um Derek, wenngleich er der Letzte ist, an den ich denken will.

Das sag mal jemand meinem Gehirn. Oder meinem Herzen. Es ist zum Verrücktwerden.

VIEL ZU FRÜH schlüpfe ich am nächsten Morgen in meine Stiefel, um spazieren zu gehen. Die Nacht war kurz, ich bin trotzdem hellwach. Es ist zwar noch dämmrig, aber ich will kurz an die frische Luft, um einen klaren Kopf zu bekommen, bevor die anderen aufwachen.

Die Schneedecke knirscht unter meinen dicken Sohlen, als ich über den Hof laufe und tief durchatme. Es ist klirrend kalt und ich spüre jeden Atemzug wie kleine Nadelstiche in meinen Lungen. Es ist befreiend und so erfrischend, wie ich es mir erhofft hatte.

Ich habe kein festes Ziel, sondern stapfe einige Minuten durch den Schnee, bis meine Finger halb erfroren sind und ich am ganzen Leib zittere. Eventuell war es doch keine so gute Idee, jetzt schon rauszugehen. Vor dem Hengsthaus besinne ich mich und mache kehrt. Da steht er leider schon vor mir.

Derek, wie er leibt und lebt.

Wieso ist er als einziger wach und was macht er um diese Uhrzeit hier draußen?

Okay, vielleicht habe ich insgeheim ja sogar auf eine Begegnung gehofft.

Ich bin selten dämlich und mir ist nicht mehr zu helfen.

„Morgen", grüße ich knapp, während er die Tür hinter sich schließt.

„Morgen. Gab paar Probleme mit einem Hengst gestern, er hatte eine Kolik. Wollte kurz nach ihm sehen. Heute geht's ihm schon besser."

Wow, so viele zusammenhängende Wörter habe ich noch nie aus seinem Mund gehört. Ist ja fast so, als ob er sich vor mir rechtfertigen wollte.

„Verdammt, Derek!", fahre ich ihn an.

„Was meinst du?"

Ich atme hörbar aus. Er weiß doch genau, was los ist.

„Sprich mit mir, zum Teufel!"

„Du willst also reden, ja? Dann rede mal: Warum bist du gekommen, Tessa? Nur, um dann wieder zu verschwinden? Dann hättest du es gleich bleiben lassen sollen."

Ich schnappe nach Luft. Das ist ja wohl die Höhe! Was glaubt der Kerl eigentlich, wer er ist?

„Was geht es dich an? Rose hat mich eingeladen."

Ich recke mein Kinn angriffslustig in die Höhe. Jeder Satz hinterlässt kleine weiße Wölkchen in der eisigen Morgenluft. Ich sehe, dass Derek ebenfalls schneller atmet, vermutlich weil er sich ebenso aufregt wie ich.

„Es geht mich eine ganze Menge an", verkündet er gefährlich leise und kommt auf mich zu. Ich bewege mich keinen Zentimeter von der Stelle.

„Ach ja? Ich hätte wahrscheinlich wirklich nicht herkommen sollen."

„Willst du denn bleiben?" Er tritt noch einen weiteren Schritt vor, steht jetzt direkt vor mir. Obwohl er mich finster anstarrt, weiche ich seinem intensiven Blick nicht aus, während ich über seine Frage nachdenke. Und dann durchzuckt es mich wie ein Stromschlag.

Ja, ich möchte bleiben.
Ich mag das Leben hier.
Könnte mir vorstellen, häufiger auf der Ranch zu sein.
Oder für immer.
Mein Herz setzt einen Schlag aus und ich atme schneller, weil mich meine eigene Reaktion völlig kalt erwischt.

„Was wäre, wenn ich bleiben wollte?", setze ich immer noch perplex zur Gegenfrage an.

„Ich komme mit dem Konjunktiv nicht so gut zurecht, Tessa", warnt er mich und zwischen seinen Augen erscheint eine steile Falte.

„Haust du deswegen immer ab?" Sein Ausdruck wird weicher. „Du kennst meine Geschichte, Tessa. Ich bin ein gebranntes Kind."

„Nichts weiß ich. Du hast nie mit mir geredet. Nie."

Meine Stimme zittert und meine Beine fühlen sich an, als bestünden sie aus Wackelpudding. Ich verstehe gar nicht, was hier gerade passiert.

„Meine Mutter hat dir doch garantiert alles haarklein erzählt, warum sollte ich dich zusätzlich mit meiner Vergangenheit langweilen. Ich spreche nicht gerne darüber, dass ich sitzen gelassen worden bin. Dass wir verlassen wurden."

„Rose hat mir gar nichts erzählt, Derek. Ich habe keine Ahnung, wie es gewesen ist. Ich weiß nur, dass du ständig fies zu mir bist, und wenn du gerade mal nicht gemein bist, liegt es nur daran, dass du mich küsst."

Mein Herz hämmert gegen meine Rippen. Einerseits, weil ich mich aufrege, andererseits, weil er mir noch nähergekommen ist und ich seinen heißen Atem auf meinem kühlen Gesicht spüre.

In seinen Augen leuchtet etwas auf. „Gefällt es dir, wenn ich dich küsse?"

Seine Stimme ist leiser geworden und klingt ein bisschen belegt, so als ob er unsicher wäre.

Ich täusche mich wahrscheinlich, bisher habe ich noch nie auch nur den Hauch eines Zweifels bei dem Mann erlebt.

„Was tut es zur Sache, Derek? Du scheinst mich zu hassen. Alles, was ich tue, ist falsch …"

„Ich hasse dich nicht, Tessa …"

Und dann zieht er mich an sich. So langsam glaube ich, er nutzt es aus, dass ich nicht mehr denken kann, wenn er mir so nahe ist. Dann muss er auch nicht reden …

Derek saugt an meiner Unterlippe, knabbert daran, bis er meinen Mund endlich vollständig in Besitz nimmt. Aus einem zaghaften Kuss wird schnell ein leidenschaftlicher. Hitze breitet sich in meiner Mitte aus und ich vergesse, wo wir sind.

Plötzlich löst er sich von mir, legt seine Stirn gegen meine. „Wirst du bleiben, Tessa? Willst du bei mir bleiben? Bei uns?"

„Was meinst du denn, warum ich hier bin? Wenn du das noch nicht kapiert hast, bist du ein noch größerer Idiot, als ich dachte." So sieht es nämlich aus: Ich bin hier, um ihn wiederzusehen. Nur wegen ihm bin ich noch einmal hierhergekommen.

„Woher weiß ich, dass du das morgen nicht anders siehst? Tyler wird das nicht verkraften, Tessa."

Denkt er etwa, dass ich wie ein Fähnchen im Wind bin und morgen nichts mehr von ihm wissen will?

„Und du? Was ist mit dir? Willst du überhaupt, dass ich bleibe? War es nicht nur ein One-Night-Stand für dich?"

„O Tessa", er klingt gequält. „Ich wusste es, als ich dich gesehen habe, wie du mit deinen Lederleggins und deinem süßen Modelarsch aus unserem Heli gestiegen bist. Aber als du dann ganz anders warst, als ich anfangs dachte, war ich noch verwirrter. Du bist nicht so ein verwöhntes Modepüppchen, sondern bist witzig, klug und charmant. Das war einfach zu viel für mich. Was glaubst du, warum ich dauernd so schlecht drauf war? Weil du unerreichbar für mich bist."

„Süßer Modelarsch?", wiederhole ich und mein Herz macht einen Satz, als ich über seine weiteren Worte nachdenke. Er findet mich klug, witzig und charmant.

Ich kann gar nicht sagen, wie sehr es mich freut, das aus seinem Mund zu hören.

Er legt seine Hände auf meinen Hintern und zieht mich noch ein Stück enger an sich. „Süßer Modelarsch", sagt er noch einmal mit seiner rauchigen Stimme, die mein Herz zum Schmelzen bringt. „Aber das Schönste an dir ist dein Wesen. Als ich gesehen habe, wie lieb du zu Tyler warst, drohten alle Schutzmauern um mich herum einzustürzen. Das konnte ich nicht riskieren, ich wusste ja, dass du wieder gehen würdest."

„Verstehe, nur, musstest du trotzdem die ganze Zeit so grantig sein?"

Ein Schatten huscht über sein Gesicht, als ihm klar wird, dass er mir wirklich wehgetan hat.

„Es tut mir leid."

„Was genau tut dir leid?", hake ich nach, nicht um ihn zu quälen, ich muss es einfach noch einmal hören. Diesen Moment möchte ich auskosten, nach allem, was ich mir wegen seines Verhaltens zusammengereimt habe.

„Das ich so abweisend war ... Aber ... Übertreib es nicht", warnt er mich und grinst breit.

„Bist du dir sicher, dass du ... Also ich meine, nicht dass du mich nachher wieder wie Luft behandelst? Nach dem Sex abhaust?"

Er seufzt leise. „Entschuldige, Tessa. Ich war unsicher. Ich habe dir ja gesagt, mit Frauen kenne ich mich nicht besonders gut aus. Mit Topmodels schon gar nicht. Meine letzte Beziehung endete nicht gerade im siebten Himmel."

„Du willst eine Beziehung mit mir?"

„Du ... nicht?"

„Ich ... doch. Ja. Ich meine ... Wir müssen mal ausloten, wie das funktionieren soll, ich bin oft unterwegs."

„Das habe ich gesehen. Instagram." Er verdreht die Augen.

„Du hast mich gestalkt?" Ich grinse dämlich und mir wird ganz warm ums Herz.

„Täglich."

„Du bist süß."

„O Gott. Dann ist alles zu spät." Derek verzieht sein Gesicht. „Mein Ruf ist endgültig dahin."

„Sehr komisch. Ha ha. Okay, du bist männlich", korrigiere ich mich.

„Schon besser." Er hält mich noch enger an sich gedrückt.

„Und jetzt?"
„Ich habe keine Ahnung. Wie … macht man so was?"
„Was?"
„Eine … Beziehung?"
„Fangen wir langsam an, ja?"
„Tessa, ich will nur eines von dir: Verarsch uns nicht! Das können Tyler und ich nicht noch einmal durchstehen."
„Ich bin nicht so. Aber … wir kennen uns kaum. Wir müssen erst mal sehen, ob wir zusammenpassen."
„Das, Süße, können wir sofort ändern."
Er küsst mich erneut, dass mir Hören und Sehen vergeht, bis ich nur noch an eins denken kann, … und das vor dem Frühstück. Kurzerhand hebt er mich in seine Arme, … daran gewöhne ich mich sehr schnell, … und trägt mich zum Haus.
„Hui. Ich fühle mich bei dir immer wie Scarlett O'Hara", feixe ich, während er zwei Stufen auf einmal nach oben nimmt.
„Ich werde dir die Welt zu Füßen legen, Tessa. Meine Welt. Wenn sie dir genug ist. Wenn nicht, dann sag es mir jetzt." Derek sieht mich lange an, bevor wir in mein Zimmer gehen. „Nicht, dass Tyler uns erwischt", ergänzt er schief grinsend.
„Gemeinsam finden wir einen Weg, Derek. Ich liebe das Leben hier draußen, auch wenn es komplett anders ist als das, was ich kenne. In meinem Beruf ist es gut, einen Ausgleich zu haben, das ist das, was mir immer gefehlt hat. Jetset und Ranch, ich finde, das ist eine krass geile Mischung." Ich muss lachen. „Mit dir war es von Anfang an anders, keine Ahnung wieso", gebe ich vor-

sichtig zu. Ich sitze auf dem Bett und beobachte ihn, während er mir die Schuhe abstreift.

„Das muss ich genauer hören", neckt er mich und zieht sich danach selbst die Stiefel aus. Der ganze Boden wird nass werden vom geschmolzenen Schnee, aber das ist mir im Augenblick völlig egal.

„Wenn ich mich recht entsinne, hattest du bei unserer ersten Begegnung nur Augen für den Hengst. Den falschen Hengst, sozusagen. Alleine das hat mich schon zur Weißglut gebracht."

Ich kichere. „Da hatte ich dich ja noch nicht gesehen." Als ich seine Lippen auf meinem Hals spüre, keuche ich auf.

„Ich glaube, ich liebe dich, Tessa." Er hält einen Moment inne und schaut mich zärtlich an. „Ich habe keinen Schimmer, wie du mich in so kurzer Zeit verhexen konntest. Auch wenn ich mich lange dagegen gewehrt habe, weil ich dachte, es wäre aussichtslos. Was kann ich dir schon bieten …?"

In dieser Sekunde weiß ich, dass ich ihn für immer lieben werde. Derek ist alles, was ich will.

Sinnliche, aufrichtige Männlichkeit. Mit all den Kerlen, mit denen ich es in meinem Job zu tun habe, konnte ich – so im Nachhinein betrachtet – nie wirklich etwas anfangen. Deswegen hat es auch nie lange funktioniert. Erst durch ihn habe ich kapiert, wonach ich überhaupt gesucht habe.

„Die letzten Wochen waren sehr hart für mich", gebe ich zu. „Ich habe Tag und Nacht an dich gedacht. Es hat mich wahnsinnig verletzt, dass du dich nicht einmal verabschiedet hast, Derek."

„Ich weiß." Er fährt mit seinem Zeigefinger über meine Wange. „Ich weiß, mein Liebling, aber ich konnte es nicht, weil ich glaubte, ich würde dich nie wiedersehen. Ich habe geglaubt, für dich wäre es nur Sex gewesen. Es gibt so viele Bilder von dir mit irgendwelchen Typen … Deshalb bin ich in der Nacht verschwunden. Ich … kann nicht so gut mit Ablehnung umgehen." Er sieht mich reumütig an und ich möchte ihn an mich drücken und ihm sagen, dass das alles Quatsch ist, dass seine Bedenken total unbegründet sind. Aber ich habe auch das Bedürfnis, ihm meine Sicht der Dinge zu erklären, und das hat jetzt Vorrang für mich, denn sonst wird es immer wieder zum Thema werden.

„Hey, Moment. Meine Vergangenheit kannst du mir nicht vorwerfen, außerdem hatte ich mit kaum einem von denen was. Das ist mein Job, Instagram ist mein Marketing-Tool."

„Mag sein. Trotzdem hat sich das komisch angefühlt. Ich kann nicht auseinanderhalten, was inszeniert ist und was echt."

„Du bist eifersüchtig." Innerlich jubiliere ich, denn damit ist klar, dass ich ihm etwas bedeute. Sehr viel bedeute.

„Ich war blind vor Wut.", murmelt er und schaut mich zärtlich an.

Ich lege eine Hand an seine unrasierte Wange. „Derek Hawkins, ich verspreche dir hoch und heilig, dass ich niemals einfach fortgehen werde. Wenn ich abreise, dann nur für die Arbeit oder wegen meiner Familie, und ich komme doch immer wieder, … oder ihr kommt mit. Das ist überhaupt die beste Idee."

„Mir scheint, wir brauchen bald ein richtiges Flugzeug."

Ich lache. „Der Heli ist für den Anfang genug, keine Sorge, wenn ich meine Termine vernünftig plane, wirst du kaum merken, dass ich weg bin."

„Und deine Familie?"

„Ich werde die Bande sicherlich vermissen …"

Sie werden mir sogar sehr fehlen, aber seit Megan, Kate und Virginia vergeben sind, sehen wir uns sowieso viel seltener. Dann müssen wir eben öfter skypen. Ich habe keine Ahnung. Ich bin jedoch keine zwölf mehr, sondern erwachsen und lebe mein eigenes Leben.

„Aber?", hakt er nach, weil er sieht, dass ich noch nicht alles ausgesprochen habe, was in mir vorgeht.

„Ich kann mir gut vorstellen, nach Kansas umzusiedeln, wenn ich dafür bei dir sein kann. Mir ist klar, dass ich nicht verlangen kann, die Ranch aufzugeben, und das würde ich auch nie wollen … Außerdem gefällt es mir hier. Mit dem letzten Ausritt hast du mich überzeugt."

Er schaut mich mit erwartungsvollem Blick an.

„Es war ganz schön cool, wie du mich aus dem Sattel gehoben hast. Du bist so stark … da fahre ich total drauf ab, Cowboy", gebe ich grinsend zu.

„Tatsächlich?"

„Und die Aussicht aus dem Haus ist auch nicht schlecht …"

„Und?"

„Und die Pferde sind der Hammer! Mir war nicht bewusst, wie sehr ich das Reiten vermisst habe, bis ich hierhergekommen bin. Diese Reise hat mir in so vielen Belangen die Augen geöffnet, Derek."

„Dann bist du nicht nur wegen mir hier?", neckt er mich und schiebt meinen Pullover ein Stück nach oben.

„Wenn ich ehrlich bin, … dann bin ich nur wegen dir hier. Rose' Einladung kam mir sehr gelegen und ich bin ihr sofort gefolgt. Irgendwie hast du Griesgram es geschafft, dass ich mich, ohne es zu wollen, in dich verliebe."

„Du liebst mich?"

„Ja, du Grummel, jetzt küss mich endlich."

„Grummel?"

„Du bist der schlechtgelaunteste Mensch, den ich je kennengelernt habe." Ich muss lachen.

„Ich hatte auch allen Grund dazu. Ernsthaft, in der letzten Zeit hatten alle zu leiden. Ich war kaum ich selbst, weil ich mich so geärgert habe, dass ich dir vor deiner Abreise nicht gesagt habe, dass du mir total den Kopf verdreht hast."

„Wirklich?"

„O ja, mein Liebling. Ich weiß nicht, was du mit mir gemacht hast, aber ich bin … verrückt nach dir."

Ich ziehe Derek zu mir und küsse ihn lange und leidenschaftlich. Dieses Mal ist es anders, noch intensiver, nachdem wir uns unsere Gefühle gestanden haben.

Ich hätte es nie für möglich gehalten, dass ich mich in einen Cowboy verliebe. Und jetzt liege ich hier bei ihm und bin die glücklichste Frau der Welt.

19

„KÖNNEN WIR es … langsam angehen lassen?"
Ich fahre mit meinen Fingern die Konturen seiner Bauchmuskeln nach.

„Das eben ging ziemlich schnell." Er grinst.

„Du weißt, was ich meine." Ich werfe ihm einen gespielt ernsten Blick zu. „Ich meine mit deiner Familie. Ich bin … schüchtern."

„Auf einmal? Na gut. Du meinst, wir sollten uns beim Frühstück nicht knutschend auf den Esstisch legen?"

„Äh. So in etwa. Ja."

„Seit wann bist du so zurückhaltend?" Seine Belustigung ist nicht zu überhören.

Ich rücke ein Stück von ihm ab und stütze mich auf meine Ellenbogen, um ihn besser ansehen zu können. „Ich meine ja nur, dass wir nichts überstürzen. Ich … bin auch nicht besonders beziehungserfahren. Was soll Rose von mir denken? Und Cody?"

Derek lacht dunkel. „Mein Liebling, Rose hat mir gestern mal so richtig den Kopf gewaschen. Ohne ihre, äh, Hinweise hätte ich dir heute Morgen wahrscheinlich nie gesagt, was mit mir los ist."

„Deine Mutter hat mir dir geredet?"

„Zur Hölle, ja! Und wie. Ist dir nicht aufgefallen, dass ich drei Zentimeter geschrumpft bin?" Er lacht und zieht mich wieder in seine Arme.

„Aber wie kann sie es wissen? Hat sie was mitbekommen? O mein Gott, wie peinlich!" Hitze steigt in mein Gesicht und ich lege meine Hände auf meine Wange, um sie zu kühlen.

„Tessa, meine Mom hat Augen im Kopf. Die hat wohl schon vor uns geschnallt, dass da was im Busch ist."

„Krass!"

„Bin ich dir peinlich?"

„So ein Mist, Derek. Natürlich nicht, im Gegenteil. Ich bin wahnsinnig stolz auf dich und auf das, was ihr hier auf der Ranch aufgebaut habt. Du bist so stark, so männlich", murmele ich und bedecke seine glatte Brust mit Küssen. Er zieht scharf die Luft zwischen seinen Zähnen ein.

„Tessa!", warnt er mich, hält mich jedoch nicht davon ab, mich langsam in tiefere Regionen seines göttlichen Körpers vorzuarbeiten.

„Oh! Da geht ja schon wieder was", stelle ich anerkennend fest, als ich seine wachsende Erektion mit meinen Händen umfasse.

„Du machst mich verrückt, Tessa!"

Ich streichele ihn und beobachte ihn dabei ganz genau. „Und ... wie sagen wir es ihnen?"

„O Gott", stöhnt er, als meine Bewegungen schneller werden und ich mit der Zunge über seine Eichel lecke. „Ich. Kann. Nicht. Denken."

Seine leidenschaftliche Reaktion auf meine Liebkosungen erregt mich, obwohl es noch keine halbe Stunde her ist, dass wir miteinander geschlafen haben. Ich sauge und lecke an seinem Geschlecht, bevor ich mich auf ihn setze und ihn in mich gleiten lasse.

„Hey, Kondom?" Er atmet gepresst.

„Jetzt denkst du daran?", keuche ich. „Wir müssen eben aufpassen, ich habe keins."

„Hast du keine Angst?"

„Nein, Derek ... Und jetzt halt die Klappe", murmele ich und verschließe seinen Mund mit einem ausgedehnten Kuss.

Aus sanftem Hüftkreisen wird schnell ein heftiger Ritt. Immer wieder lasse ich mich auf ihn sinken, bis wir beide schwer atmen. Dereks Hände bohren sich in mein Fleisch, so fest hält er mich.

Das Ziehen in meiner Mitte ist zu einem heißen Brennen geworden und ich weiß, dass ich nicht mehr lange brauchen werde ...

„Derek ...", stammele ich und verkrampfe mich über ihm, als der Orgasmus über mir zusammenschlägt. Im gleichen Moment versteift er sich unter mir und stöhnt immer wieder meinen Namen, bis wir irgendwann erschöpft nebeneinanderliegen.

Nach einigen Minuten hat sich mein Herzschlag wieder so weit beruhigt, dass ich sprechen kann. „Ist alles in Ordnung?", frage ich ihn. Derek liegt mit geschlossenen Lidern neben mir und streicht immer wieder über meinen Rücken.

„O ja, mein Liebling. Es ging mir nie besser. Bist du bereit für Thanksgiving im Hause Hawkins?"

Ich stöhne.

„Sollen wir kurz duschen?"

Er schaut mich fragend an.

„Meinst du, das ist eine gute Idee? Ich weiß schon, was ich in der Dusche mit dir anstellen würde ..."

Er lächelt matt, aber seine Augen leuchten.

„Du bist unmöglich. So kann ich auf keinen Fall runtergehen. Jeder wird wissen, was wir getan haben."

„Wäre das denn so schlimm?"

„Es ist mir … peinlich", gebe ich zu.

„Du wirst dich daran gewöhnen müssen, mein Liebling. Denn ab jetzt wird es jeden Tag so sein." Er lacht dunkel und küsst mich auf die Stirn. „Und wenn wir häufiger ohne Verhütung miteinander schlafen, kannst du bald für Umstandsmode Werbung machen."

Er grinst.

„Von einem Mal wird schon nichts passieren."

„Ich bin ein potenter Kerl", warnt er mich lachend.

„Und wenn schon … ich bin alt genug."

Derek setzt sich auf und sieht mich an. „Und du meintest eben noch, wir sollten es langsam angehen lassen?"

Ich zucke mit den Schultern „Hab's mir anders überlegt, Cowboy. I am all in!"

Und dann springe ich aus dem Bett und laufe kichernd ins Badezimmer. „Fang mich doch …"

„Du …" Mehr höre ich nicht mehr, denn ich stelle das Wasser an und steige in die Dusche.

Es dauert nicht lange, bis sich ein warmer Männerkörper an mich schmiegt. Mein Männerkörper. Mein geliebter Cowboy.

HAND IN HAND schlendern wir später die Treppe nach unten. Rose und Tyler sitzen in der Küche. Sie trinkt

Kaffee und Tyler malt ein Bild in allen Farben des Regenbogens.

„Guten Morgen. Ah, ich sehe, ihr habt euch endlich ausgesprochen." Dereks Mom strahlt uns mit funkelnden Augen und einem breiten Grinsen an. „Herzlichen Glückwunsch!"

Ich lächele verlegen und Derek drückt meine Hand aufmunternd.

„Guten Morgen, Mom", sagt er und gibt ihr einen Kuss auf die Wange.

„Daddy, Daddy, bleibt Tessa jetzt für immer bei uns?"

Ich lache. „Also, ich werde auf jeden Fall häufiger hier sein. Wenn ich darf."

„Ja, ja", jubelt der Kleine.

„Aber ab und zu muss ich schon mal verreisen, denn ich arbeite ja auch noch."

„Für diese Zeitungen?", fragt Tyler weiter.

„Ja, manchmal gibt es auch Bilder von mir in Magazinen."

„So, Kinder. Jetzt gibt es vor allem erst mal Frühstück", mischt sich Rose ein und steht auf. „Ihr habt sicher einen Mordshunger."

Ich weiß, dass ich rot anlaufe. Derek lacht leise und antwortet. „Ich habe einen Bärenhunger."

„Den hast du ja immer", kommentiert Rose, während sie acht Eier in eine Pfanne haut.

Cody lehnt im Türrahmen. „Hast du es endlich auf die Reihe bekommen, Bruderherz?"

Derek schnaubt und ich muss kichern.

„Sieht so aus", sage ich und grinse breit. „Und was ist mit deiner Krankenschwester?"

Codys Gesichtsfarbe verändert sich zu einem dunkeln Rotton. „Äh ... Ich habe zu tun, bis später."

Rose, Derek und ich lachen laut, als er auf dem Absatz kehrtmacht und sich seine Schritte entfernen.

„Dann kannst du ab jetzt ja aufhören, mich zu nerven, und dich voll und ganz auf meinen Bruder konzentrieren", schlägt Derek seiner Mutter vor.

„Den kriegen wir auch noch unter die Haube", meint Rose und wendet das Rührei. „Jetzt freuen wir uns aber erst mal, dass du zur Vernunft gekommen bist, Derek."

„Allerdings", gebe ich kichernd zurück und ernte einen finsteren Blick von meinem Liebsten.

„Schön, dass ihr euch dabei einig seid."

Derek zieht mich in seine Arme und sieht mir tief in die Augen. Ich könnte mich für immer darin verlieren, nur Rose' Räuspern erinnert uns irgendwann daran, dass wir nicht alleine auf der Welt sind.

„Frühstück ist fertig", kommentiert sie und verteilt das Rührei auf unsere Teller. „Und jetzt stärkt euch erst mal, ihr seht aus, als könntet ihr es vertragen."

Ich spüre, dass meine Wangen feuerrot werden.

Derek grinst anzüglich. Ich kann es noch gar nicht fassen, dass das alles wirklich passiert. Ich bin mit Derek zusammen, ich plane mein Leben mit ihm und ganz nebenbei bin ich als Model gefragter denn je. Aber das größte Glück dieser Erde ist diese Familie, an deren schonungslose Offenheit ich mich jedoch noch gewöhnen muss. Zum Beweis lege ich meine kühle Hand auf mein brennendes Gesicht.

Epilog

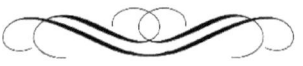

„BIST DU BEREIT?", frage ich Derek, als wir eine Woche später in Shanghai auf dem Weg zu unserem traditionellen Donnerstagstreffen im Haus meines Dads sind. Er gibt mir einen Kuss auf den Mund. „Sicher, sie werden mich schon nicht fressen, oder?"

„Bei meiner Granny kann man das nie so genau sagen." Besser, ich warne ihn. Er hat ja keinen Schimmer, worauf er sich einlässt.

Meine Oma liebt einen Menschen, oder sie hasst ihn. Schwarz oder weiß. Etwas dazwischen existiert nicht. Als Amerikaner stehen die Chancen für Derek nicht schlecht, dass sie ihn nicht mögen wird, aber das habe ich ihm nicht gesagt. Sonst wäre nicht nur sie voreingenommen.

„Ihr hast du ja schließlich auch erzählt, dass sie sich keine Sorgen machen muss, dass du einen Ami mit nach Hause bringst."

Shit, er hat es gehört.

„Oh! Du hast damals also doch mein ganzes Telefonat belauscht?"

Er grinst. „Damals war ich noch dabei, Informationen über dich zu sammeln."

„Und, hat es was genützt?"

„Das siehst du ja, mein Liebling. Jetzt bist du mein."
„Da hast du auch wieder recht."
„Ich hoffe, ich kann mir alle Namen merken."

Ich muss lachen. „Ja, es ist nicht leicht, bei so vielen Familienmitgliedern, aber du schaffst das schon, Cowboy."

Als der Wagen anhält, bemerke ich, wie nervös ich selbst bin. Bisher waren meine Affären nie so ernst, dass ich einen meiner Partner offiziell zu Hause vorgestellt hätte. Bei Derek ist es mir ein ganz besonderes Bedürfnis, weil er mir schon nach dieser kurzen Zeit so wahnsinnig viel bedeutet. Ich muss den Segen meiner Familie haben, um glücklich zu sein. Natürlich haben sie, vor allem meine Granny, schon durchklingen lassen, dass sie besorgt sind, dass ich so weit weg gehen werde. Aber ich hoffe, wenn sie ihn erst einmal kennengelernt haben, werden sich ihre Bedenken legen.

„Startklar?", fragt er mich und reicht mir seine Hand.

Ich liebe diesen Mann, vor allem, wenn er mich mit seinen ausdrucksstarken Augen so ansieht wie jetzt.

„Bereit, wenn du es bist", erwidere ich atemlos und stelle mich auf die Zehenspitzen, um ihm noch einen kurzen Kuss zu geben. „Ich liebe dich", murmele ich an seinen sinnlichen Mund.

„Ich liebe dich auch, mein Liebling."

Dereks rauchige Stimme löst, wie so oft, eine Gänsehaut bei mir aus. Uns bleibt jedoch keine Zeit für weitere Zärtlichkeiten, da ich aus dem Augenwinkel gesehen habe, dass jemand die Haustür geöffnet hat.

Es ist Ashley, die uns zuwinkt. Ihre Haarpracht hat dieses Mal die Farbe von sonnengereiften Tomaten. Derek lässt sich seine Überraschung nicht anmerken.

„Du musst Ashley sein", grüßt er mit einem breiten Grinsen und reicht meiner Schwester seine kräftige Hand.

Sie mustert ihn mit einem amüsierten Funkeln in den Augen. „Ich hoffe, Tessa hat nur Gutes über mich erzählt?"

„Gäbe es denn überhaupt was Schlechtes?" Ich kichere und werfe mich in ihre Arme.

„Ich hab dich vermisst, Süße", murmelt sie in meine Mähne und ich drücke sie noch ein wenig fester an mich, ehe ich sie wieder freigebe.

„Ich dich auch, Ash. Komm, lass uns reingehen."

„In die Höhle des Löwen." Meine Schwester lacht, hakt sich bei mir und auf der anderen Seite bei Derek unter und führt uns hinein. Ich weiß nicht, wie sie es schafft, aber mit ihrem Fuß gelingt es ihr, die Haustüre mit Schwung ins Schloss zu kicken, bevor wir weitergehen.

„Die ist zu", merke ich an, sie lässt sich davon nicht irritieren.

Im Salon sind bereits alle versammelt. Wow, wenn das so weitergeht, müssen wir anbauen.

Derek zuckt leicht zusammen, als er all die Menschen erblickt. Es sind wirklich alle gekommen, sogar die neuen Männer in der Sippe.

„Ein Wunder, die ganze Familie!", rufe ich. „Wie schön!"

Mein Vater schiebt sein Glas beiseite und kommt auf uns zu. Er gibt mir einen Kuss auf die Wange. „Hallo Sweetheart", grüßt er mich, dann wendet er sich an

Derek. „Guten Abend. Jonathan", stellt er sich vor. „Sehr erfreut."

„Es ist mir eine Ehre, Jonathan. Derek Hawkins."

Die beiden tauschen einen sehr männlichen Händedruck aus, sie schütteln und schütteln, lassen sich dabei nicht aus den Augen. Die Stille im Raum ist ohrenbetäubend. Jeder verfolgt das Geschehen, was wird mein Dad sagen? Wird er einen Cowboy an meiner Seite akzeptieren? Ich bin gespannt wie ein Bogen, versuche aber, mir nichts anmerken zu lassen.

„Du hast ganz schön Eindruck bei Tessa hinterlassen, Derek", durchbricht mein Dad die Stille. „Ich bin froh, dass jemand die Liebe zu Pferden bei ihr wieder wecken konnte. Ich bedauere es immer noch, dass ich die Newfall Ranch noch nicht besuchen konnte. Aber … das werden wir natürlich bald nachholen. Willkommen in der Familie, Junge", sagt er schließlich und ich atme erleichtert aus. Erst jetzt wird mir klar, dass ich bis eben die Luft angehalten hatte.

Endlich lassen sie voneinander ab, mein Dad tritt einen Schritt zurück, was man so ungefähr als Einladung verstehen kann, näherzukommen. Ich sehe, dass Ashley Kate etwas zuflüstert und die beiden dann verschmitzt kichern. Megan und Hunter stehen Arm in Arm neben meiner Oma, die sich noch nicht auf ihrem Stuhl gerührt hat. Sie sitzt darauf, als wäre es ein Thron.

„Derek, komm, ich stelle dir noch meine Granny vor."

„Gerne", höre ich seine rauchige Stimme und er lässt sich bereitwillig von mir führen. Virginia kuschelt sich an ihren Australier Liam, ich schenke ihr ein breites Grinsen, als ich den Ring an ihrem Finger sehe. Wir haben nachher definitiv noch was zu besprechen, ... aber jetzt ist Granny dran. Sie schaut nicht gerade fröhlich drein, als ich mit Derek zu ihr komme und ihr ein Küsschen auf die Wange gebe.

„Hallo Granny, darf ich dir Derek vorstellen? Derek Hawkins."

Sie mustert ihn argwöhnisch von oben bis unten. „Hm", macht sie und hält ihm ihre faltige Hand hin.

Derek ergreift sie und deutet einen Handkuss an. „Sehr erfreut, Mrs Prescott. Jetzt weiß ich endlich, woher Tessa ihre Schönheit hat. Die Ähnlichkeit ist nicht zu leugnen. Ich freue mich, Sie kennenzulernen, Madam."

Ein Lächeln huscht über ihr Gesicht. Ungläubig starre ich Derek von der Seite an. Er grinst meine Oma spitzbübisch an und bringt damit sogar mein Herz zum Schmelzen. Wahnsinn, er kann echt charmant sein, wenn er will.

„Gut, gut, Junge. Nicht übel", kommentiert Granny und ihre Mundwinkel biegen sich einen Millimeter in die Höhe.

Uff. Ich will erleichtert ausatmen, versuche meine Freude jedoch im Zaum zu halten. Wir stehen noch ganz am Anfang des Abends.

„Und das sind meine Schwestern ... mit Anhang." Ich stelle Derek der Reihe nach allen vor und mir schwirrt danach selbst der Kopf. Helen sitzt neben Granny auf einem Sessel, ihr Bein auf einen Hocker hochgelegt. Sie ist ein bisschen dünner geworden, aber ihr Blick ist wach und freundlich. Wir wechseln nach meiner Umarmung ein paar Worte, während unsere Haushälterin und Köchin Crystal Champagnergläser an alle verteilt.

„Wie geht es dir denn, Helen? Und dem Bein?"

„Es wird schon, in zwei Wochen kommt der Gips endlich ab. Dann werde ich auch wieder mobiler. Ziemlich nervig, so hilflos zu sein."

„Verstehe, tut es denn noch weh?"

Sie kommt ein Stück näher zu mir. „Nein, aber es juckt höllisch. Das darf man ja eigentlich nicht sagen, manchmal muss ich mit einer Stricknadel ... Ich erspare dir die Details, Tessa." Sie rollt mit den Augen.

„Liebes." Dad kommt an ihre Seite und gibt ihr einen Kuss auf die Schläfe. „Es ist angerichtet, komm, ich helfe dir auf."

Die Zuneigung in der Stimme meines Vaters ist nicht zu überhören, und nachdem ich mir nun selbst ein Bild von den beiden gemacht habe, kann ich mir nicht vorstellen, dass es wahr sein soll, was mir meine Schwestern berichtet haben.

Helen wirkt absolut nicht depressiv und schon gar nicht medikamentenabhängig auf mich. Aber was weiß ich schon? Wahrscheinlich ist wirklich was mit der Dosis schiefgelaufen. Zu dumm, dass so ein kleiner Fehler für sie so weitreichende Folgen hatte.

„Kommt ihr?", reißt mich Ashley zurück ins Hier und Jetzt. „Nun bin ich wohl die Einzige, die als alte Jungfer endet. Das arme Sandwichkind mal wieder." Sie setzt einen ironisch-bekümmerten Gesichtsausdruck auf und trinkt den letzten Rest Champagner aus.

„Dich kann man ja wohl kaum als Jungfer bezeichnen", kichere ich, nehme Dereks Hand und sehe ihn fragend an. Er nickt lächelnd. Es ist alles okay. Meine

Sippe hat ihn nach der ersten halben Stunde noch nicht in eine Psychose getrieben.

Gott sei Dank!

Während des Dinners überrascht mich mein Herzbube immer wieder aufs Neue. Dass er mit meinem Vater wahnsinnig gut klarkommen würde, hätte ich mir eigentlich denken können. Ihre Liebe zu Rennpferden ist natürlich das, was sie von vornherein und unumstößlich verbindet. Dass sogar meine Granny an seinen Lippen hängt, als wäre er der Messias persönlich, macht mich unfassbar glücklich. Es hätte nichts an meiner Liebe zu Derek geändert, wenn meine Familie meine Entscheidung nicht gutgeheißen hätte, aber es macht vieles für mich schöner, wenn ich weiß, dass uns alle wohlgesonnen sind. Dass sie nicht hinter unseren Rücken tuscheln, wie lange das wohl halten wird. Ihren Segen zu haben, ist wichtig für mich.

„Ihr glaubt nicht, wie froh ich bin, endlich nicht mehr der einzige Mann im Haus zu sein", sagt mein Dad lachend, als das Dessert serviert wird. „Wem von euch darf ich einen guten Scotch anbieten?" Dad schiebt seinen Stuhl geräuschvoll zurück und steht auf. „Der Süßkram ist was für die Frauen. Kommt, Männer."

Wir Schwestern werfen uns einen wissenden Blick zu, sagen jedoch nichts. Granny tupft sich den Mund mit ihrer Serviette ab, während Helen meinen Dad verliebt anlächelt.

Hunter, Liam, Matt und auch Derek folgen der Aufforderung meines Vaters – natürlich, sie sind ja nicht lebensmüde. Ich denke allerdings, dass auch sie nichts gegen einen guten After Dinner Drink haben. Von Derek weiß ich jedenfalls, dass er kein Süßschnabel ist und so gut wie nie Nachtisch isst. Gegen einen guten Scotch hat mein Cowboy sowieso nichts einzuwenden. Im Gegenteil, ich kann mir vorstellen, dass er nach dem ereignisreichen Abend einen vertragen kann. Einen doppelten.

„So war es immer schon", klärt uns meine Granny auf. „Früher wurden dazu Zigarren geraucht. Die Herren ziehen sich zurück und wir Frauen können endlich in Ruhe plappern."

Ich erinnere mich an die Pokerrunde zur Zeit des Blizzards, dort haben sie auch gepafft, was das Zeug hält.

„Gott sei Dank hält Daddy nichts von diesen stinkenden Dingern."

Virginia nimmt sich eine Praline und steckt sie sich in den Mund. Der Brillant an ihrem Ring blitzt im Licht auf und erinnert mich daran, dass ich noch nicht im Bilde bin, was es damit auf sich hat.

„Schwesterchen", wende ich mich an sie und schnappe nach ihrer Hand. „Was ist das hier, bitte schön?"

Virginias Gesicht wird von einer leichten Röte überzogen. „Er hat mich an seinem Geburtstag vorgestern gefragt. Im Kuchen war ein Ring. Stell dir das mal vor! Ich habe keine Ahnung, wie er es gemacht hat, dass ich genau das richtige Stück bekomme, aber … O mein Gott! Ich werde heiraten!"

„Ich freue mich so für dich." Ich springe auf und umarme sie. „Wieso hat mir das niemand gesagt?"

„Ich hab sie gebeten, nichts zu verraten. Ich wollte, dass wir uns sehen. Es ist doch viel schöner, so eine Nachricht persönlich zu überbringen."

„Stimmt natürlich."

„Champagner. Wir brauchen Champagner", ruft Ashley und klatscht in die Hände.

Tatsächlich wird der Abend auch bei uns Damen noch feuchtfröhlich.

Nach Mitternacht begegne ich Emma auf dem Flur. „Emma, wieso versteckst du dich denn?" Ausgelassen drücke ich mich an sie. Es könnte sein, dass ich einen kleinen Schwips habe.

„Tessa, Liebes, schön, dich zu sehen." Sie lacht und umarmt mich.

Als Erstes fällt mir auf, dass ich jede Rippe bei unserem ehemaligen Kindermädchen spüren kann.

„Bist du krank gewesen?", frage ich sie irritiert. „Du bist ja nur noch Haut und Knochen."

Emma lacht verlegen und schiebt sich ihre Brille in die Haare. „Du bist albern, es war einfach viel zu tun, da kommt das Essen mal zu kurz."

„Hm", mache ich und mustere sie zwischen leicht zusammengekniffenen Augen. „Achte mal ein bisschen mehr auf dich, ja?"

„Ist es nicht mein Job, mich um euch zu sorgen?"

„Na, vergiss dich selbst darüber nicht."

„Keine Bange, ich wollte gerade ins Bett gehen, Liebes. Brauchst du noch was?"

„Nein, Emma. Danke dir, ab jetzt muss ich irgendwie selbst klarkommen. Das Vöglein wird flügge und fliegt nach Kansas." Ich kichere vor mich hin.

„Ach, Tessa, ich erinnere mich noch, wie niedlich du als Kind warst. Es ist schon komisch, dass ihr jetzt alle erwachsen seid. Es ist doch erst gestern gewesen, als du eingeschult wurdest!" Sie schüttelt den Kopf. „So, bevor ich sentimental werde, ziehe ich mich jetzt aber wirklich zurück."

Ich umarme sie erneut, bevor sie schlafen geht und ich mich entsinne, dass ich eigentlich zur Toilette wollte.

ES IST MITTEN in der Nacht, als wir das Haus meines Vaters verlassen und zu meiner Wohnung fahren. Dass Derek nicht neben mir zum Wagen kriechen musste, ist alles.

So besoffen, wie die Herren der Schöpfung allesamt sind, haben sie vermutlich alle Scotch-Vorräte meines Vaters vernichtet.

Was für ein Anblick, als sie irgendwann der Reihe nach mit glasigem Blick aus der Bibliothek gewankt kamen.

Derek ist ein großer, durchtrainierter Kerl. Um jemanden wie ihn so abzufüllen, braucht es einiges.

Lächelnd sehe ich auf ihn herunter. Sein Kopf liegt auf meinem Schoß und er hat die Augen geschlossen, während ich ihm durch sein, wie üblich, zu langes dunkles Haar streiche.

Der Abend hätte nicht besser laufen können. Nicht nur meine Schwestern, Granny und mein Dad mögen ihn, auch die Kerle vertragen sich, – was bei der Konstellation nicht selbstverständlich ist. Ein Engländer, ein Koreaner, ein Australier und ein Amerikaner. Jetzt frage ich mich gerade, welchen Mann man meiner Schwester Ashley verpassen könnte. Sie ist der extravagante Schmetterling, immer in Action, immer unterwegs, immer für ein

Abenteuer zu haben ... Ich glaube, der Mann für sie muss noch gebacken werden.

Dereks leises Stöhnen lenkt meine Aufmerksamkeit wieder auf ihn.

„Darling", murmelt er. „Du riechst so gut."

„Du ... nicht", lache ich. „Du hast eine Riesenfahne."

„Liebst du mich trotzdem?"

„Noch mehr mit als ohne", scherze ich.

„Dann werde ich aus Liebe zu dir zum Alkoholiker."

„Lieber nicht", kichere ich und schnappe nach Luft, als er mit seiner Hand unter meinen Rock fährt und anfängt, mich zu streicheln.

„Derek", zische ich und atme schneller, als er – bewundernswert zielsicher für seinen Zustand – das kleine Nervenbündel durch meinen Slip findet und es sanft umkreist.

„Ich liebe es, wie du auf mich reagierst." Nach und nach erhöht er den Druck, während ich mich in den Ledersitzen der Limousine festkralle.

„O Gott, Derek", flüstere ich gepresst. „Du. Musst. Aufhören."

„Will ich aber gar nicht."

„Wir sind im Auto!", erinnere ich ihn, halte ihn jedoch nicht davon ab weiterzumachen. Immerhin lässt er seine Liebkosungen etwas zaghafter werden. So werde ich nicht kommen, sondern langsam aber sicher verrückt werden! Ich unterdrücke ein gequältes Stöhnen und jubiliere innerlich, als wir endlich kurz vor meinem Wohnkomplex sind und ich bald aus seinen Fängen entkomme.

„Setz dich hin, Cowboy. Wir sind gleich da."

Ich helfe ihm, sich aufzurichten, was bei seinem Gewicht gar nicht so einfach ist.

„Jesus, du bist ein harter Brocken."

Er lacht rau und schnuppert an seinen Fingerkuppen. „Mhh", macht er und mir wird ganz heiß. „Du riechst so gut."

„Das sagtest du bereits", kichere ich, steige als Erste aus dem Wagen und verabschiede mich vom Fahrer meines Vaters.

Gemeinsam schlingern wir durch die Lobby in den Aufzug, wo er mich an die Wand drückt und meinen Hals liebkost. Als wir in meiner Etage angekommen sind, ist er schon dabei, meinen Rock hochzuschieben. Sanft nehme ich seine Finger von mir und zupfe meine Kleidung wieder in Form.

„Gleich", mahne ich ihn und sein enttäuschter Gesichtsausdruck ist zum Schießen. Ich muss ihn an der Hand nehmen und ihn mitziehen, sonst kommen wir nie an. Er ist sturzbetrunken und ich kann mir kaum vorstellen, dass gleich noch etwas anderes passieren wird, als dass er schnarchend in meinem Bett landet. Aber das ist in Ordnung, über ein unerfülltes Sexleben kann ich mich nun wirklich nicht beschweren.

Nachdem die Tür hinter uns ins Schloss fällt, ziehe ich Pumps und Jacke aus und helfe Derek, der noch damit beschäftigt ist, sich von seinen Schuhen zu befreien. Er scheitert an den Schnürsenkeln. Zum Totlachen!

Genervt seufzt er auf, als er sich geschlagen geben muss und sich schließlich von mir helfen lässt.

„Komm mit, ich glaube, du brauchst eine Erfrischung!" Bestimmt bugsiere ich ihn ins Badezimmer, kleide ihn aus, schiebe ihn in meine Dusche und drehe das Wasser auf. Womit ich nicht gerechnet habe, ist, dass er mich zu sich hineinzieht.

„Hey", schreie ich auf, aber es ist zu spät. Ich bin nass. Meine Kleidung auch.

„Das muss weg", informiert er mich und reißt sie mir vom Leib.

„Derek!", schimpfe ich.

Er lässt sich nicht irritieren, sondern bedeckt meine Haut mit Küssen. Seine Hände sind überall. So unbeholfen er eben noch war, so bestimmt ist er jetzt. Da ich nach seinen Liebkosungen in der Limousine immer noch erregt bin, dauert es nicht lange, bis ich keuchend an der Wand lehne, während Derek vor mir kniet und mich mit dem Mund befriedigt.

„Gefällt dir das?", fragt er mich mit belegter Stimme.

„Derek", flüstere ich und werfe meinen Kopf hin und her, während das Wasser auf uns niederprasselt. Dann lässt er plötzlich von mir ab und stellt sich vor mich.

Der Alkohol scheint seine Standfestigkeit jedenfalls nicht zu beeinträchtigen, denn seine Erektion ist beachtlich.

„Ich werde dich jetzt nehmen, mein Liebling, so wie ich es mir schon seit Stunden wünsche." Er legt sich mein Bein um seine Hüfte, auf dem anderen stehe ich, mein Rücken ist an die kalten Fliesen gelehnt.

„O Gott", seufze ich und erschaudere, als ich spüre, wie sich seine Eichel gegen meine Nässe drängt.

Und dann stößt er in mich und ich keuche auf.

„Ah", stöhnt er. „Ich liebe dich, Tessa."

Endlich fängt er an, sich in mir zu bewegen. Schon nach wenigen Augenblicken halte ich es kaum mehr aus. Ich bettele und flehe Wörter in sein Ohr, die unzusammenhängend aus mir heraussprudeln. Es ist so intensiv, so schön, so unbeschreiblich.

Er wird immer schneller und atmet gepresst. Seine Küsse schmecken nach Scotch und Derek, ich kann einfach nicht genug von ihm bekommen.

Niemals.

„Komm für mich, mein Liebling", fordert er mich auf, als er ein letztes Mal hart in mich eindringt und dann brechen alle Dämme. Ich schreie seinen Namen, grabe meine Fingernägel in seinen muskulösen Rücken und schlinge auch noch mein zweites Bein um seine Hüften, um ihm noch näher zu sein. Das genügt für ihn und er ergießt sich mit einem lauten Stöhnen in mir. Die Wellen des Orgasmus' ebben erst langsam in mir ab, als wir gemeinsam auf dem Boden der Dusche zusammensinken.

Ich bin fertig. Fix und fertig.

Derek lässt etwas Wasser in seinen Mund tropfen und schluckt. „Ich bin am Verdursten", erklärt er mir atemlos. „Dein Vater ist der Hammer, dass er selbst noch stehen konnte, überrascht mich."

„Ich weiß." Ich lache und drehe den Hahn zu. Fische dann nach einem Handtuch und beginne ihn abzutrocknen.

„Das ist schön, Tessa."

„Was?"

„Wie nett du zu mir bist."

„Macht man das nicht so, wenn man sich liebt?"

„Ich habe es nie so erlebt wie mit dir. Und jeden Tag wächst meine Liebe zu dir noch ein bisschen mehr."

Mein Herz macht einen Satz. „Ist das der Alkohol, der aus dir spricht?"

Derek richtet sich empört auf. „Das trifft mich."

Er fasst sich an die Brust und ich muss kichern.

„Ich meine es ernst, Liebling", fährt er fort. „Ich hätte nie gedacht, dass es so sein kann. Verlass mich nie."

Ich nehme sein Gesicht zwischen meine Hände und sehe ihn eindringlich an. „Das habe ich nicht vor, Cowboy. Merk dir das ein für alle Mal. Du und ich. Für immer!"

„Kannst du es mir schriftlich geben?", fragt er und steigt nach mir aus der Dusche.

„Alles, was du willst."

„Vielleicht eine Doppelhochzeit mit deiner Schwester?"

Ich schaue ihn schräg an.

„Frag mich das morgen noch mal, wenn du nüchtern bist."

Derek lacht heiser. „Schon gut. Ich überleg mir was Schönes für den Antrag."

„Du scheinst dir deiner Sache ja sehr sicher zu sein", meine ich und rubbele mich trocken.

„Lass mich das machen." Derek stellt sich vor mich und trocknet mich zärtlich ab. „Ja, ich bin mir sicher, dass du die Frau meines Lebens bist, Tessa. Daran gibt es nichts zu rütteln und ganz sicher ändere ich meine Meinung auch nicht, wenn die drei Gläser Scotch aus meiner Blutbahn abgebaut sind."

„Drei Gläser? Das ist ja wohl etwas … untertrieben."

„Egal, kommst du jetzt mit mir ins Bett?"

Ohne auf meine Antwort zu warten, hebt er mich hoch und schwankt leicht, sodass ich mir Sorgen mache, ob er wohl mit mir umkippt. Er findet dann doch Stabilität und trägt mich sicher ins Schlafzimmer.

„Trägst du mich auch für den Rest unserer Tage überall hin?"

„Das, mein Liebling, verspreche ich dir hoch und heilig. Ich trage dich auf Händen, für immer."

„Ich liebe dich."

„Ich liebe dich auch."

Bonuskapitel Derek

NEUGIERIG werfe ich einen Blick auf das geschäftige Treiben, während ich den Hengst Hyperion neben mir herführe. Tessa winkt glücklich zu mir herüber. Es sind ganz schön viele Leute, die das Set für das heutige Shooting vorbereiten. Sehr gerne habe ich zugestimmt, dass sie ihren Arbeitsplatz für eine Kampagne auf die Ranch verlegt, – so kann ich in ihrer Nähe sein und selbst erleben, wie ein Arbeitstag meiner Liebsten aussieht. Ihre Karriere hat richtig Fahrt aufgenommen, ich bin wahnsinnig stolz auf sie.

Versonnen beobachte ich ihre geschmeidigen Bewegungen, und ein Lächeln schleicht sich auf mein Gesicht, als ich mich an unsere erste Begegnung erinnere.

Sie hatte mich nicht gesehen, als sie mit meinem Bruder Cody aus dem Hubschrauber ausgestiegen war. Um mich hingegen war es sofort geschehen. Schon in der ersten Sekunde war mir klar, dass ich ihr verfallen würde – mit Haut und Haaren. Leider, dachte ich zu diesem Zeitpunkt noch, denn Tessa verkörperte alles, was ich nicht wollte. Sie war hübsch, erfolgreich, führte ein öffentliches Leben und vor allem wohnte sie weit weg, auf einem anderen Kontinent.

Ich dachte, sie wäre ein oberflächliches It-Girl, das sich um nichts und niemanden als sich selbst kümmert. Ich habe sie verurteilt, ohne ihr eine Chance zu geben. Aber, oh, wie falsch ich damit doch lag. Meine geliebte

Tessa ist so ein liebevoller Mensch mit einem reinen Wesen. Sie liebt meinen Jungen wie ihren eigenen und er liebt sie doppelt und dreifach so viel zurück.

Nach den Jahren der Einsamkeit kann ich mein Glück noch immer nicht fassen und muss blinzeln, als sie mir Luftküsse zuwirft und mit ihren Händen ein Herz in meine Richtung formt.

„Ich liebe dich auch", forme ich lautlos mit den Lippen. Zu so einem albernen Quatsch wie Luftherzchen werde ich mich vor aller Welt nicht hinreißen lassen. Immerhin habe ich einen Ruf als mürrischer Cowboy zu verlieren. Und dann schwinge ich mich in den Sattel und galoppiere davon. Ich will sie nicht bei der Arbeit stören und ihr nicht das Gefühl geben, dass ich an ihr hänge wie eine Klette, … auch wenn ich sie am liebsten vierundzwanzig Stunden an dreihundertfünfundsechzig Tagen im Jahr bei mir hätte.

Tyler und ich haben jedoch akzeptiert, dass Tessa erfolgreich ist, und anstatt sie einzuschränken, wollen wir in Zukunft auch mal mit ihr reisen. Es gibt viele Orte, die ich meinem Sohn zeigen möchte. Der Junge liebt die Frau an meiner Seite abgöttisch und auch Tessa scheint das Leben in unserer kleinen Familie zu genießen. Sie weiß es noch nicht, aber schon bald werde ich meine Drohung wahrmachen und um ihre Hand anhalten. Aber noch nicht heute.

Ich gebe meinem Hengst die Sporen und treibe ihn zu einem noch schnelleren Tempo an.

ALS ICH am frühen Abend in unser Badezimmer komme, finde ich Tessa in der Wanne, neben ihr auf dem Fensterbrett steht das iPad und sie skypt vermutlich mit einer ihrer Schwestern. Auch daran, dass ihre Sippe bei uns immer präsent ist, und sei es nur übers Internet, habe ich mich gewöhnt. Anfangs fand ich es merkwürdig, manchmal mit Ashley auf dem iPad im Bett geweckt zu werden, aber was soll's. Ich zucke mit den Schultern. Nach dem ersten Schock, als mir Tessa den Bildschirm noch vor dem Aufwachen vor mein Gesicht gehalten hat, habe ich gelacht, Tessa in meine Arme gezogen und sie auf das Schlüsselbein geküsst, bevor ich mich noch einmal in die Kissen gekuschelt habe.

Es war eine kleine Umstellung, plötzlich wieder jemanden in meinem Leben zu haben. Dieses Mal allerdings eine Frau, die mich wirklich liebt. Lange hatte ich mit mir gehadert, ob ich noch einmal mein Herz öffnen könnte, dabei war es schon längst um mich geschehen.

„Nein", ruft Tessa in diesem Moment und ich reiße meinen Blick von ihrem nackten, nassen Rücken. „Du fliegst nach Bath?"

Ashley nickt zufrieden. „Ja, Süße, aber Dad hat mir eine Auflage gemacht."

„Und die wäre?", hakt Tessa nach.

„Ich reise mit Begleitung."

„Äh, ja und?"

„Dad hat einen Bodyguard engagiert."

„Nein!" Tessa kichert.

„Er ist heiß", flüstert Ashley. „So heiß!"

Tessa schüttelt den Kopf. „Du musst mir nicht sagen, dass dein Plan ist, dir die Reise mit ihm zu versüßen."

„Kann sein." Ashley lackiert sich gerade die Fingernägel, wedelt jetzt mit einer Hand vor ihrem Gesicht und pustet regelmäßig darauf.

„Frauen, ich werde euch nie verstehen", brumme ich und ziehe mein Hemd aus. „Stellst du Skype wenigstens aus, wenn du aufs Klo gehst?"

Tessa grinst schief. „Kommt drauf an, mit wem ich spreche."

Die Schwestern lachen, während Tessa mich aus dem Bild schiebt. „Raus aus der Kamerazone, sonst kriegt Ashley noch Stielaugen!"

Ganz langsam steige ich aus meiner Jeans, dann aus meinen Shorts, bis mein Liebling versteht, was ich vorhabe.

„Äh, Ashley, ich melde mich nachher noch mal, ja?"

„Dann schlafe ich schon, aber hey, ich habe wirklich keinen Bock, eure Badenummer mit anzusehen. Viel Spaß, ihr Süßen!", flötet sie und drückt uns weg.

Ich habe gerade einen Fuß in die Wanne getaucht, als ich Tylers Stimmchen auf uns zukommen höre. „Daddy, Daddy, wo steckt ihr?"

Hastig nehme ich mir ein Handtuch und schlage es um meine Hüften. „Wir sind hier, Ty. Im Bad."

Tyler springt herein und schiebt ein Auto vor sich her. „Was macht ihr hier?", will er wissen. Ich werfe Tessa einen Blick zu und registriere, wie sie verlegen errötet.

„Tessa badet nach der Arbeit."

„Hm", macht Tyler. „Schaut jemand einen Film mit mir?"

„Welchen?"

„Na, Cars, natürlich!"

Wir stöhnen beide gequält. Diesen Streifen haben wir schätzungsweise zweihundertmal gesehen, aber es ist Tylers Lieblingsfilm.

„Na schön, aber erst geht Daddy schnell duschen, ja? Bin in drei Minuten bei dir."

„O-kay." Tyler rollt sein Auto über die Fliesen auf den Flur.

„Sorry, Liebling", sage ich entschuldigend und drücke ihr einen Kuss auf die Stirn.

„Kein Problem, Cowboy. Das Beste zum Schluss", verspricht sie mir augenzwinkernd.

Alleine dafür liebe ich sie mehr als mein Leben. Tessa ist nie verdrossen, weil Tyler einen so hohen Stellenwert für mich hat. Im Gegenteil, sie bestärkt mich darin. Mein Junge ist neben ihr alles für mich. Die beiden machen mich zum glücklichsten Menschen der Welt. Und vielleicht kann ich sie ja bald überzeugen, dass wir zu viert noch viel mehr Spaß hätten … Mit der Verhütung nimmt es meine Angebetete jedenfalls nicht so ernst, es könnte sich also bald etwas in der Richtung ergeben. Das hoffe ich zumindest.

ENDE

Vorschau Band 5

DER BODYGUARD

—

PRESCOTT SISTERS 5

Geheimes Verlangen, verstohlene Blicke und ein lang gehütetes Geheimnis.

Ashleys Bodyguard Chase Rushton ist beherrscht, wortkarg und verflucht sexy. Leider ist er auch der einzige Kerl, der absolut nicht nach Ashleys Pfeife tanzen will. Und dann kommt es zur Katastrophe und Chase muss ihr zeigen, was sie ihm wirklich bedeutet, denn es ist viel mehr in Gefahr als nur ihr Herz...
Das packende Finale der fünf Prescott-Schwestern

„Hast du Regeln, die besagen, dass du nicht mit Schutzbefohlenen ins Bett gehst?"
„Keine Regeln. Außerdem habe ich weder Interesse, dich zu unterhalten, und schon gar nicht, dich zu vögeln."

Kapitel 1 – Band 5

„DAS KANNST DU VERGESSEN!" Ich baue mich vor meinem Vater auf und verschränke die Arme vor der Brust.

„Ashley, bleib mal auf dem Teppich. Entweder das, oder du kannst den Trip nach Bath streichen." Mit der demonstrativen Seelenruhe des Familienpatriarchen, der er nun einmal ist, lehnt er sich langsam in seinem Schreibtischstuhl zurück und macht mich damit nur noch rasender.

„Ich bin keine zwölf mehr, Dad. Vergiss das nicht."

Meine Stimme zittert vor Wut.

„Das ist mir egal. Ich habe kein gutes Gefühl dabei, dich alleine nach England fliegen zu lassen."

„Du tust ja geradezu so, als könnte ich nicht auf mich selbst aufpassen. Ich bin neunundzwanzig Jahre alt und leite meine eigene Galerie, da werde ich wohl eine Reise ins Königreich auf die Reihe bekommen."

Egal welche Argumente mein Dad vorbringen wird, ich lasse mir diesen Trip nicht ausreden. Ich muss noch einmal in unser Elternhaus reisen, um mit dem Verschwinden meiner Mutter vor mehr als zwanzig Jahren endlich abschließen zu können. Ein Begräbnis hat es nie gegeben, da nach ihrem Verschwinden jede Spur von ihr fehlte.

Das ist vielleicht das Schlimmste an der ganzen Sache für mich, nicht zu wissen, was damals wirklich geschehen ist. Die Wahrscheinlichkeit, auf dieser Reise neue Informationen zu finden, ist gering, aber darum geht es mir auch nicht vorrangig.

Ich muss ein letztes Mal alles sehen, die Orte besuchen, die mich mit meiner Mum verbinden, bevor ich sie gehen lassen kann. Dafür brauche ich bestimmt keinen Aufpasser.

„Sweetheart", seufzt Dad jetzt ungeduldig. „Das Haus ist momentan unbewohnt und liegt nicht gerade mitten in der Stadt. Ich will nur, dass es dir gutgeht und dass du vor allem sicher bist."

Es war schon immer so, dass mein Dad einen Hang zur Überbehütung hatte.

Da sag noch mal jemand was von Helikopter-Müttern ... Okay, in unserem Falle musste er uns tatsächlich die Mutter ersetzen, aber seine Maßnahmen sind trotzdem absolut übertrieben.

„Verdammt noch mal, Dad. Ich brauche keinen Babysitter!"

„Er ist kein Babysitter, sondern ein Bodyguard und ich lasse nicht mit mir verhandeln. Nicht in diesem Fall. Sieh ihn dir doch erst mal an, Chase Rushton ist ein äußerst vertrauenswürdiger Mann. Er hat für den Secret Service und danach für verschiedene Promis gearbeitet und will es nun etwas ruhiger angehen lassen."

„Secret Service?"

Augenblicklich bin ich interessiert. Diese Kerle müssen gestählte Körper haben und ich stehe auf Muskeln. „Hast du ein Foto?"

Dad neigt den Kopf und sieht mich forschend an. „Ashley, er ist kein Spielzeug. Ich habe ihn für deine

Sicherheit engagiert und nicht für anderweitige Vergnügungen."

Beinahe hätte ich laut gelacht. Was denkt er denn von mir?

Das Zutreffende wahrscheinlich. Ich bin in Beziehungsangelegenheiten nicht gerade als stabil zu bezeichnen. Die Halbwertszeit meiner Affären liegt unter der von Radium.

„Dad, das weiß ich doch. Was ist nun mit seinem Foto?"

Er klickt ein paarmal mit seiner schnurlosen Maus und winkt mich zu sich. „Hier ist sein Lebenslauf, mach dir selbst ein Bild. Er hat bereits für Beyoncé und die Kardashians gearbeitet, wünscht sich jetzt aber etwas weniger ... exzentrische Arbeitgeber."

„Na", lache ich, „da ist er ja bei mir an der richtigen Adresse!"

Dad presst seine Lippen aufeinander und wirft einen flehenden Blick an die Decke. „So, ist Chase Rushton genehm für die Dame?"

Meine Mundwinkel biegen sich nach oben, als ich seine Vita überfliege und mir sein Bewerbungsfoto genauer betrachte.

Militärisch kurzer Haarschnitt, kantige Gesichtszüge und wachsame Augen. Dass er sein markantes Gesicht glattrasiert hat, lässt ihn jünger wirken, als seine zweiunddreißig Jahre, die hier vermerkt sind, anmuten lassen.

Ledig, keine Kinder. Sehr schön.

Einer kleinen Affäre würde also nichts entgegenstehen.

„Okay, Dad. Dann habe ich für den Trip also einen Bodyguard. Grandios."

Mein Vater runzelt die Stirn. „Gut, dass wir das geklärt haben. Lass uns essen gehen." Energisch schiebt er seinen Stuhl zurück und steht auf. „Die anderen warten sicher schon auf uns."

Über die Autorin

Wenn ich nicht schreibe, was ziemlich häufig der Fall ist, verbringe ich die Zeit mit meinen beiden Kleinsten, meinem Mann und dem Rest unserer internationalen Patchworkfamilie. Manchmal wundere ich mich selbst, dass ich trotz meines Alltags überhaupt etwas zu Papier bringe. Und dann sind die Kinder im Kindergarten, der Hund schläft müde auf seinem Kissen und ich sitze wieder am PC und vergesse die Welt um mich herum. Endlich hacke ich wieder auf die Tastatur ein und schreibe, bis ich Krämpfe in den Händen bekomme. Dann weiß ich wieder, wieso, denn das Schreiben ist für mich die schönste Zeit des Tages.

Ich bin Jahrgang 1979 und lebe seit vielen Jahren in der Lüneburger Heide, komme ursprünglich aber aus Süddeutschland.

Danksagung

Liebe Leserin! Lieber Leser!

Ich bedanke mich bei allen Leserinnen und Lesern. Ihr seid großartig, ohne Euch wären meine Bücher in dieser Form gar nicht da. Wenn Euch mein Buch gefallen hat, freue ich mich sehr, wenn Ihr eine Rezension dazu verfasst. Ich lese jede einzelne davon und sie helfen mir, meine Bücher noch weiter zu verbessern.

Danke auch, liebes Bookrix-Team. Ihr seid immer für mich da und habt vieles für mich möglich gemacht, wovon ich nie zu träumen gewagt habe. Allen voran danke ich Lisa Frank, ich kann sie wirklich immer mit jedem noch so unsinnigen Problem nerven und sie bleibt trotzdem immer gut gelaunt und zuversichtlich. Außerdem bedanke ich mich bei Sandra für den professionellen Printbuchsatz und bei Andreas für das Korrektorat.

Last but not least danke ich meiner Familie und vor allem meinem Mann, der alle meine Launen Tag für Tag erträgt. Und ich weiß, das ist nicht immer einfach …
Schaut gerne auf meiner Facebook-Seite vorbei, ich würde mich freuen.

Wenn ihr sicher sein wollt, dass ihr keine Neuerscheinung verpasst, meldet euch zu meinem Newsletter an. (http://www.karinlindberg.info/newsletter/)

Alles Liebe,
Karin Lindberg

Buchempfehlung

Wedding-Planners-Reihe von Eva Maro

Band I »Solo für Zwei« ist seit dem 02. Mai 2017 erhätlich.

Band II der Wedding Planners »Wild @ Heart« erzählt Tischlerin Helens Geschichte.

Band III – »Zuckersüß verliebt« erzählt Marthas Geschichte.
Als Zuckerbäckerin Martha der Auftrag für eine „Hochzeitstorte light" in die Küche flattert, sieht sie rot und ist wild entschlossen, abzulehnen. Bis sie David kennenlernt. Er erliegt nicht nur Marthas Backkünsten, sondern auch der schönen Bäckerin. Gäbe es da nicht ein klitzekleines Problem: David ist als Bräutigam von seiner Zukünftigen zum „Probeessen light" geschickt worden und damit für Martha tabu …

Band IV – »Hauchzarte Küsse« handelt von der quirligen Mai, die nach Annas Auszug in die WG einzieht.

Band V – »Montags-Braut« bildet den Abschluss der Wedding Planners Serie mit Tines Geschichte.